*Caussin (la Couvertin)*

## Mme S. de CANTELOU

3172

# DIX ANS

DE LA

# VIE D'UNE JEUNE FILLE

AVEC GRAVURES DANS LE TEXTE

M & C

## ROUEN

MÉGARD & Cie, IMPRIMEURS-ÉDITEURS

Rue Saint-Hilaire, 136

Prévot inv.

# BIBLIOTHÈQUE MORALE

DE

## LA JEUNESSE

---

NOUVELLE SÉRIE GR. IN-8º CARRÉ.

Entrez, dit Sarah.

# DIX ANS

DE LA

# VIE D'UNE JEUNE FILLE

PAR

## Mme Sophie DE CANTELOU

Lauréat de plusieurs Académies littéraires

———

AVEC GRAVURES DANS LE TEXTE

## ROUEN

MEGARD ET Cie, IMPRIMEURS-ÉDITEURS

136, rue Saint-Hilaire, 136

Propriété dès Editeurs,

Mégarulais

99

# DIX ANS

# VIE D'UNE JEUNE FILLE

## I.

### FÊTE AU CHATEAU.

— A-t-il l'air heureux, ce cher monsieur de Grandval !
Voyez donc, chère, avec quelle tendresse il parle à sa fille, votre
belle et adorée Sarah ! Ne dirait-on pas à le voir ainsi chemi-
ner le bras autour du cou de la chère enfant, qu'il la dispute
au ciel et à la terre.... Mais qu'avez-vous donc, ma chère
Noémi ? Pourquoi ce regard qui semble implorer le ciel ?
Pourquoi ces mains jointes comme en une prière ?

Il y a tel ou tel mouvement machinal qui nous vient, à notre
insu même, de notre pensée la plus profonde.

M^me de Grandval essaya de sourire.

— Vous êtes folle, ma chère Marie ! dit-elle.

Cette dernière prit la main de son amie dans les siennes et la regarda dans les yeux.

M^me Marie Duval avait souffert dans sa jeunesse. Orpheline à seize ans, sans famille en situation de la recueillir, il lui avait fallu tirer parti de l'instruction qu'elle avait reçue pour suffire à ses besoins.

A l'âge de vingt ans, elle avait épousé un industriel qui était mort après lui avoir donné quinze années de bonheur, lui laissant sa petite fortune, deux cent mille francs environ.

Cette perte fut un gros chagrin pour elle, car elle adorait son mari, et ce chagrin fut d'autant plus difficile à supporter qu'elle n'avait pas le bonheur d'être mère. Elle se trouvait donc seule avec sa douleur qu'elle devait traîner partout désormais, avec les vêtements noirs qu'elle avait résolu de ne jamais quitter. Au physique, elle n'était ni belle, ni laide, mais sa figure reflétait une extrême bonté; petite, fluette, elle n'eût pas porté ses quarante-cinq ans si ses cheveux presque tout blancs n'avaient donné à sa personne un certain air de vieillesse. Bien que de cinq ans seulement plus âgée que M^me de Grandval, elle paraissait son aînée d'au moins dix années. Cette dernière était belle encore, grande, d'une

distinction parfaite. Elles s'étaient connues dans un pensionnat de Rouen, où elles avaient fait leurs études. Une grande
similitude de goûts et de caractère les avait unies. Plus tard,
elles s'étaient retrouvées à Duclair, où habitait M^me de
Grandval, et que M^me Duval avait choisi pour y finir ses jours,
en souvenir de son mari qui affectionnait ce petit pays et y
possédait une modeste propriété.

Bien que la situation de fortune des deux amies fût bien
différente, elles étaient allées l'une à l'autre, ne songeant qu'à
l'amitié qui les avait liées dans leur jeunesse et que le temps
n'avait pu leur faire oublier.

M^me de Grandval avait deux filles : l'aînée, Sarah, était une
jolie personne de dix-huit ans, d'une intelligence remarquable. Ses parents n'avaient pu se décider à s'en séparer, et
lui avaient donné les plus savants professeurs qui, à prix d'or,
venaient au château apporter la science à l'enfant gâtée. Une
institutrice, possédant son brevet supérieur, servait de répé-
titrice à la jeune fille, et était attachée, à ce titre, à sa
personne. En plus, Sarah était musicienne et chantait
avec art.

Comme disait son père, c'était « la science infuse »; mais sa
tendresse aveugle ne s'apercevait pas que les défauts naturels
de sa fille s'étaient développés aussi : elle était orgueilleuse,

fière, d'une dureté sans égale, et n'ayant qu'un amour au cœur, celui de sa personne.

Eva avait dix ans. Elle était blonde comme les blés mûrs, pâle, avec de grands yeux bleus éclairant sa figure décolorée. Son caractère affectueux et doux la faisait aimer de tous ceux qui l'approchaient; ses parents seuls se montraient assez indifférents pour elle, ils la trouvaient insignifiante, et elle en avait du chagrin, la pauvre petite.

M^me Duval s'était prise à aimer cette petite délaissée, et plus d'une fois, seule avec M^me de Grandval, elle ne lui avait pas caché son indignation. Elle avait essayé aussi de faire comprendre à son amie le danger moral de ce système qui lui faisait sacrifier le cœur à l'esprit; elle alla même jusqu'à parler des défauts de Sarah. Ce fut en pure perte; ses conseils furent écoutés froidement, par simple politesse, et les choses restèrent ce qu'elles étaient. L'excellente femme comprit qu'il était inutile de revenir sur ce sujet qui finirait par occasionner une rupture entre elle et son amie, désormais elle se tut, mais elle ne ménagea pas les observations à Sarah, souvent en défaut de politesse, ce qui mettait parfois du froid entre les deux amies.

Sous le regard scrutateur de son amie, M^me de Grandval baissa les yeux.

— La pensée qui me hante est si ridicule, fit-elle, que je n'oserais vous l'avouer....

— Noémi ! fit M^{me} Duval d'un ton de reproche. Où est-il le temps où nous n'avions rien de caché l'une pour l'autre !...

— Pardonne, ma petite maman, fit M^{me} de Grandval, que ce souvenir reportait au temps où, sous la protection de son amie, à laquelle elle donnait ce titre, elle bravait les espiègleries de ses compagnes. Puis, baissant la tête, elle dit tout bas : C'est un rêve qui me bouleverse ainsi....

— Il était donc bien terrible?

— Jugez-en. Le grand salon était tendu de noir et était éclairé par des cierges cravatés de crêpe. A leur lumière blafarde, j'apercevais des ombres se rangeant silencieusement dans tous les coins; bientôt j'en fus entourée. Je voulais fuir, impossible, j'étais clouée au sol par une force invisible qui m'appuyait sur les épaules et comprimait ma poitrine dont aucun cri ne pouvait sortir. Et les ombres se mirent à tourner autour de moi en une ronde fantastique. Mes yeux restaient ouverts, malgré ma volonté de les fermer; je me sentais envahie par le vertige. Soudain, la danse s'arrêta, l'une des ombres vint à moi et m'étreignit. Alors le plafond disparut et je montai jusqu'aux étoiles. « Regarde !... » me dit alors l'ombre qui avait tendu ses grandes ailes noires. Et j'aperçus,

comme en un verre grossissant, Sarah, mon adorée, dont nous
devons fêter aujourd'hui les dix-huit ans, j'aperçus, dis-je,
Sarah aux prises avec des monstres hideux dont elle ne
pouvait se débarrasser. Je voulais la secourir, mais mon corps,
devenu ombre, ne pouvait que planer invisible autour d'elle.
Soudain, l'esprit ouvrit ses bras et je tombai. Le bond que je
fis réellement me réveilla; j'étais inondée de sueur. Dans la
crainte d'être reprise par ce rêve affreux, je n'ai plus dormi le
reste de la nuit. Et j'ai le cœur serré comme à l'approche d'un
malheur.

— Il est donc vrai, soupira M<sup>me</sup> Duval, que le bonheur n'est
pas de ce monde, puisque ceux auxquels le sort a donné,
comme à vous, tout ce qui le constitue, se créent des chimères
pour le troubler ! Ce cauchemar est un effet nerveux; peut-être
un trouble de l'estomac en est-il cause. Dans tous les cas, il ne
peut avoir d'importance et il serait déraisonnable de vous en
tourmenter. Croyez-moi, chère, faites-vous préparer une
boisson calmante et pensez à autre chose.

— Oui, vous avez raison, parlons de la fête de ce soir. Sarah
vous en veut, savez-vous, de ce que vous avez combattu son
désir de se parer de mes diamants?

— Je vous crois sans peine, fit amèrement M<sup>me</sup> Duval; elle
est si peu habituée à être contredite ! Et vous avez cédé?

— Il a bien fallu. Cette enfant a une force de volonté, une énergie pour la résistance, devant lesquelles on s'inclinera toujours !

— Hum !... fit M^me Duval. Ecoutez, pauvre amie, vous ne connaissez rien de la vie, vous ne vous doutez pas que cette force de volonté, que moi je nomme entêtement, que cette soi-disant énergie de votre fille, ne serviront qu'à la rendre malheureuse. C'est pour la société que les mères élèvent leurs enfants, car filles et garçons les quittent un jour pour suivre leur destinée; malheur à ceux que l'éducation n'a pas préparés à la vie sociale.

— Vous oubliez, ma bonne Marie, que la fortune de Sarah la préservera de tout malheur, elle sera indépendante; tout est là, à mon avis.

— Indépendante, dites-vous ! Mais, ma pauvre amie, personne ne peut l'être réellement; on dépend toujours de quelqu'un ou de quelque chose. Et qui peut répondre de l'avenir? On a vu de grosses fortunes sombrer par suite de circonstances imprévues, fatales.... Et alors....

— Et alors? fit Sarah qui s'était approchée sans avoir été aperçue, et alors? Je suis bien sûre que ma bonne amie te fait encore un sermon, pauvre mère; elle est vraiment incorrigible !

— Toujours aimable, cette chère enfant ! fit M^me Duval.

— Et vous toujours ennuyeuse ! riposta Sarah. Je ne vous l'envoie pas dire, vous voyez.

— Allons, allons, voilà que vous allez recommencer à vous piquer ! De grâce, Marie, ne répondez pas à Sarah, ou cela ne va pas finir.

— Ce qui veut dire que c'est moi qui ai tort, s'écria la jeune fille, alors je vous tire ma révérence.

Elle tourna les talons et fit quelques pas, puis s'arrêta subitement : elle venait d'apercevoir, à quelques pas d'elle, une petite fille tenant dans ses bras une énorme gerbe de fleurs champêtres; une vieille femme et un homme encore jeune la suivaient, tous trois étaient habillés misérablement.

— Voilà, s'écria Sarah en revenant vers sa mère, voilà comme le service est fait, chez nous. Les mendiants s'introduisent ici avec une facilité déplorable, grâce à la vigilance de Pierre, le protégé de papa. Il place bien sa confiance et ses faveurs, monsieur mon père !... Pierre n'est pas dans sa loge, puisque ces gens sont entrés; où est-il, ce propre à rien? Il y a longtemps qu'on aurait dû le mettre à la porte !

— Calme-toi, Sarah, je t'en prie, le mal n'est pas bien grand; je vais donner une pièce d'argent à ces malheureux et ils vont s'en aller. Quant à Pierre, tu sais bien qu'il était le brosseur

de mon père, et qu'il lui a sauvé la vie à la bataille de
Solférino.

— La belle affaire ! Tu nous l'as assez dit et redit !... En
sauvant la vie à son officier, ce soldat n'a fait que son devoir,
rien de plus, et son prétendu dévouement est assez bien
récompensé, il me semble : il est bien payé, n'a absolument
qu'à s'occuper de ceux qui entrent ou sortent, et il s'en acquitte
à merveille, la preuve....

— Qu'y a-t-il ? et quels sont ces gens ? dit M. de Grandval en
prenant place à côté de sa femme, sous le berceau de
clématites.

— Il y a, dit Sarah irritée de la résistance de sa mère, que
Pierre a laissé entrer ces vagabonds. Il faudra que tu le mettes
à la porte, je te le répète !

— C'est singulier comme ce pauvre homme te déplaît,
répondit M. de Grandval, il est cependant bien bon, bien
dévoué, bien respectueux ! N'insiste pas, ma chérie, nous
aimons Pierre et nous ne consentirons jamais à le renvoyer ;
il est vieux, il n'a probablement pas longtemps à vivre....
Après tout, je ne vois pas en quoi il peut te gêner, tu n'as pas
affaire à lui, ne t'en occupe pas. Allons, ne prends pas cet air
fâché, viens m'embrasser plutôt.

— Je n'en ai nulle envie ! répondit Sarah, rouge de colère.

— Méchante! fit M. de Grandval, en essayant de s'emparer de la main de sa fille.

M<sup>me</sup> Duval n'avait pas dit un mot pendant tout ce débat, et elle pensait en regardant ce père qui essayait de faire oublier les paroles un peu sévères qu'il avait dites à sa fille : « Il va lui demander pardon tout à l'heure! »

La petite fille, voyant qu'on ne s'occupait plus d'elle, se décida à s'approcher de Sarah, et lui présentant sa gerbe de fleurs : « Bonne fête, mademoiselle, dit-elle, joie et bonheur! »

Sarah arracha les fleurs des mains de l'enfant, les jeta à terre et les foula aux pieds; puis, prenant le bras de la pauvre petite, elle la poussa rudement en disant : « Filez vite, ou sinon.... »

L'enfant tomba.

— C'est mal ce que vous faites là, ne put s'empêcher de dire M<sup>me</sup> Duval.

— Mais vous ne voyez donc pas que ce sont des bohémiens, c'est-à-dire des voleurs, des pillards, des gens de sac et de corde! s'écria Sarah. Si nous étions encore au bon vieux temps de nos ancêtres, je ferais pendre cet homme, aux yeux de feu, à la plus haute branche du parc, et je ferais emprisonner les autres.

— Sarah! que vous êtes dure au pauvre monde! s'écria M<sup>me</sup> Duval. Tirant une pièce d'argent de son sac, elle la mit dans la main de la petite fille, que la vieille mendiante essayait de consoler.

L'homme la lui prit et la rendit à M<sup>me</sup> Duval.

Après avoir lancé un regard terrible à Sarah, il prit l'enfant par la main et partit; la vieille le suivit en s'appuyant sur sa béquille.

— Tu as été imprudente, Sarah, dit M. de Grandval,

— Dites sans pitié, fit M<sup>me</sup> Duval.

— Avez-vous bientôt fini de me faire de la morale? dit dédaigneusement Sarah; vous m'ennuyez à la fin. D'ailleurs, chaque fois que M<sup>me</sup> Rabat-Joie est ici, c'est la même chose.

— Consolez-vous, Sarah, je me retire, fit M<sup>me</sup> Duval froissée.

— Pas pour longtemps, dit M. de Grandval, car vous êtes des nôtres, c'est-à-dire du dîner qui ne doit réunir que les intimes. Depuis huit jours que Noémi insiste près de vous, elle n'a pu obtenir une promesse, je serais peut-être plus heureux.

— Merci, mes chers amis, mais je ne voudrais pas, avec mon visage qui ne sait plus rire et mes vêtements noirs, troubler

2

votre joie. Les fêtes ne sont plus faites pour moi, car le deuil de mon cœur ne finira qu'avec ma vie. Mais souvenez-vous, si jamais le malheur ou le chagrin frappe à votre porte, que je réclame ma part de vos douleurs.

## II.

### CATASTROPHE.

Au dîner qui réunissait les intimes de la famille de Grandval, Sarah se montra insupportable, même avec les personnes qui, pour faire leur cour à ses parents, l'accablaient de politesses, de flatteries dont elles ne pensaient pas un mot; car si chacun rendait justice à ses talents, à son esprit, à sa beauté, ses défauts n'avaient échappé à personne, et on la détestait, et on blâmait l'aveugle tendresse de M. et M\u1d50ᵉ de Grandval, auxquels leur luxe avait attiré de nombreuses inimitiés, même parmi ceux qui en profitaient. Ces jaloux étaient heureux de trouver quelque chose à dire sur leur compte, et ils ne les ménageaient pas.

Sarah espérait éclipser, par la richesse de sa parure de bal, toutes les jeunes invitées, aussi était-elle nerveuse, agitée, impatiente pendant les apprêts de sa toilette; elle faillit plusieurs fois battre sa femme de chambre qui ne pouvait parvenir à la coiffer à sa guise et à placer la riche aigrette de brillants dans ses cheveux.

Enfin, elle était prête, il était neuf heures. Lorsqu'elle fit son entrée dans le salon, au bras de son père, ce fut une exclamation qu'elle prit pour de l'admiration, ce qui lui rendit sa bonne humeur. En réalité, l'étonnement avait été le seul motif de ce murmure discret auquel Sarah avait donné une toute autre signification. Des diamants dans les cheveux, au cou, aux bras, des riches dentelles, tout cela n'était pas fait pour orner une jeune fille et ne s'était jamais vu.... Et les langues de marcher à qui mieux mieux !

M. de Grandval faisait largement les choses : un concert devait être offert aux invités avant le bal, et il avait fait venir plusieurs artistes de Paris. Sarah, dont la compétence musicale était incontestable, avait organisé ce régal des oreilles en véritable artiste.

Deux chanteurs de renom, un violoniste de grand talent, un monologuiste célèbre, un pianiste compositeur, exécutèrent la première partie du programme avec un succès mérité. La

deuxième partie devait être fournie par les musiciens ama-
teurs de la société. Un duo de piano et violon fut très remarqué. Sarah se fit entendre dans une gavotte d'une grande
difficulté et dans le grand air du *Prophète*. On loua fort sa
sûreté de doigté, sa belle voix de contralto, à laquelle il manquait cependant l'expression et la chaleur. Deux jeunes filles,
deux sœurs, obtinrent un véritable triomphe avec le grand
duo de *Norma*. Ce succès, joint à celui que leur modestie, leur
grâce, la simplicité de leur toilette blanche avaient obtenu
d'abord, en firent les reines de cette fête artistique.

Un acte de Coppée, *le Passant,* termina la série des chefs-
d'œuvre.

On passa dans la grande salle qui avait été disposée pour
le bal, et les personnes âgées s'approchèrent des tables de jeu.

On avait organisé, pour la fin du bal, un cotillon splendide
où, dans la dernière figure, Sarah, assise sur une espèce de
trône couronné d'un dais en velours rouge à franges d'or,
devait recevoir l'hommage et les vœux de tous. Elle y avait
beaucoup rêvé, à ce moment de triomphe, mais tout s'était
effacé devant le succès des deux jeunes filles, Rose et Blanche.
Son orgueil se révoltait et elle leur lançait des regards haineux
ainsi qu'à tous ces gens, mal élevés, pensait-elle, qui avaient
l'impudence de s'occuper de ces péronnelles? Profitant du

moment de tumulte occasionné par l'arrivée de quelques retardataires et l'organisation de l'orchestre, elle s'approcha de sa mère et lui dit à l'oreille : « Sortons, j'étouffe! »

Emue par ces paroles, inquiète de la pâleur de sa fille, M^{me} de Grandval se précipita à sa suite.

L'empressement de Sarah était tel qu'elle n'avait même pas jeté sur ses épaules sa sortie de bal; et elle courait si vite que sa mère ne parvint à la rejoindre que dans la dernière allée du parc, donnant sur le bois. Là, Sarah se laissa tomber, plutôt qu'elle ne s'assit, sur un banc ombragé d'un grand saule. La tête dans ses mains, elle se mit à sangloter.

C'était la première fois que M^{me} de Grandval voyait sa fille dans cet état, et bien rares étaient les larmes qu'elle lui avait vu verser, aussi fut-elle alarmée au plus haut point. « Ma fille! mon enfant adorée! s'écria-t-elle, qu'as-tu? Oh! dis-le vite, je t'en supplie! » Et, assise près d'elle, elle la serrait contre son cœur et couvrait sa tête, ses épaules, de baisers auxquels se mêlaient ses larmes. Elle s'aperçut alors que Sarah tremblait; il faisait presque froid sous les grands arbres, et cette nuit sombre, après la chaleur du jour, était ce que sont parfois les nuits d'été, très fraîche.

Elle chercha sur ses épaules ce qu'elle ne trouva pas; dans sa précipitation, elle-même avait négligé de se couvrir.

On passa dans la grande salle ...

— Viens, Sarah, viens, tu vas prendre froid; rentrons, je t'en supplie.

— Non! fit sèchement Sarah, je veux rester ici, je veux y mourir!

— Mourir! Tu parles de mourir, toi, mon cher trésor!... exclame M<sup>me</sup> de Grandval. Tu es malade, je le vois! et personne pour te secourir!... A moi! Pierre! Jules! Emilie! au secours!...

La voix se perdit dans la profondeur du bois sombre.

Soudain, un craquement de branches se fit entendre.

— Viens, dit plus bas M<sup>me</sup> de Grandval, le froid n'est peut-être pas le plus grand danger que nous courons en ce moment.... Il vient parfois des rôdeurs dans les bois..., il y a une bande de bohémiens depuis hier dans le pays, on sait qu'il y a fête au château et que tous les domestiques y sont occupés.... Viens....

— Non, je ne veux pas revoir ces deux pécores qui m'ont fait souffrir toute la soirée! répondit Sarah, encore secouée par les sanglots.

— Il est bien question d'elles, de fête, de bal! fit M<sup>me</sup> de Grandval. Dans l'état où tu es, pauvre enfant, c'est ton lit, c'est le médecin qu'il te faut et au plus vite. Viens!

Sarah n'offrait plus qu'une faible résistance aux efforts

de sa mère pour la faire lever; elle se laissa faire; enfin,
M^{me} de Grandval ramena la robe de sa fille jusque sur ses
épaules.

— Maintenant, appuie-toi sur mon bras, dit-elle.

Le craquement de branches se fit entendre, cette fois plus
près encore, et deux personnes sortirent du fourré.

« Au secours ! » voulut crier M^{me} de Grandval, mais la voix
s'arrêta dans sa gorge serrée par la frayeur. Un formidable
coup de bâton l'étendit roide par terre, pendant que deux
bras vigoureux s'emparaient de Sarah, la baillonnaient et
l'enlevaient à travers l'allée obscure.

Un coin de lune se montra entre deux nuages et éclaira la
scène sinistre. Au cou nu de Sarah les diamants se révélèrent
par leurs feux éclatants.

« Oh ! » fit le ravisseur. Et d'une main avide, il arracha le
collier des pierreries. « Prends, dit-il à l'autre bandit qui
l'avait rejoint et donne-moi la corde.... Ah ! ah ! belle fille, je
te tiens ! Tu parlais tantôt de ton désir de nous voir pendus à
la plus haut branche de ce parc, eh bien ! c'est toi qui vas
mourir de ce supplice de gueux ! Bientôt ta belle personne
à laquelle tu prodiguais tant de soins, va se balancer là-haut,
et le jour n'aura pas encore point à l'horizon que ton corps
ne vaudra plus celui d'un pauvre chien en vie !... ».

Sarah avait repris connaissance et elle faisait des efforts désespérés pour échapper au bohémien et dégager sa bouche. Mais les mains de fer du bandit lui tordaient les bras et ses ongles lui labouraient les chairs. Elle était vigoureuse, la victime, elle paralysait les mouvements de son assassin qui fut obligé d'appeler son complice à son aide.

— Alerte! lui dit ce dernier, on vient.... sauvons-nous....

— Pas avant d'avoir pendu la noble fille; il ne faut pas grand temps pour cela, aide-moi.

Pendant ces quelques paroles, Sarah était parvenue à arracher le baillon qui l'étouffait, et elle se mit à pousser un appel déchirant, un de ces cris qui font tressaillir d'épouvante.

« Par ici! par ici! » criaient des voix qui se rapprochaient rapidement.

Je n'ai pas le temps de te pendre, dit le bohémien, alors je vais t'étrangler, cela reviendra au même....

Et il serra le cou de Sarah avec rage. Elle tomba en râlant, il se jeta sur elle et serra encore....

Soudain il lâcha prise en poussant un cri. Un énorme chien lui tenait le cou entre ses formidables crocs et se mit à lui déchiqueter la figure, puis la gorge. Le misérable faisait des efforts pour se relever, pour se défendre, mais l'animal furieux le couvrait en entier et mordait partout, mordait toujours.... Ce n'était déjà plus qu'un cadavre.

Alors le chien, flairant par terre, partit au galop vers le bois.

L'absence de M<sup>me</sup> de Grandval et de sa fille avait fini par être remarquée, on s'était informé près de M. de Grandval du motif de cette fugue. Alors, inquiet, agité par un pressentiment, il les avait cherchées dans leurs appartements d'abord, puis, après avoir mis tous les domestiques sur pied et fait déchaîner Magg, le chien favori de M<sup>me</sup> de Grandval, il avait guidé les recherches à travers les allées du parc. Le chien, après avoir flairé le sol, était parti dans la direction qu'avait prise sa maîtresse, et on avait suivi le chien.

Il serait difficile de dépeindre la scène de désespoir qui eut lieu, lorsque M. de Grandval aperçut, par terre, le corps inanimé de sa femme. Pendant qu'il criait et se lamentait, le vieux Pierre et Jules, le valet de chambre, continuant les recherches, avaient trouvé Sarah. A la lueur de leurs lanternes, ils virent sa face violacée, ses yeux clos, les traces de strangulation autour de son cou, ses épaules, ses bras meurtris. Ils poussèrent une exclamation désespérée, songeant à ce double coup qui frappait le maître qu'ils aimaient. Cependant Pierre, ayant à nouveau posé sa main sur le cœur de la jeune fille, sentit une pulsation.

— Elle vit! s'écria-t-il, vite, portons-la au château. Eh! vous autres, un médecin, et promptement!

Quel triste cortège! On eût dit que la raison de M. de Grandval avait sombré en voyant le corps inanimé de sa fille; il suivait ceux qui rapportaient au château les deux êtres chéris, qui étaient tout son bonheur, comme s'il était inconscient du malheur qui le frappait.

C'était un spectacle navrant que celui de ces deux femmes, en costume de bal, les cheveux en désordre; l'une blanche comme un suaire, l'autre le visage tuméfié, les bras ensanglantés, les yeux clos comme s'ils ne devaient jamais se rouvrir.

Les invités défilèrent devant elles, les uns par curiosité, les autres par compassion. Et ce furent des cris d'indignation, des larmes; Rose et Blanche ne purent supporter cette vue, elles s'évanouirent, puis eurent une crise de larmes; il fallut les porter à leur voiture.

Les plus courageux, les plus sympathiques ne voulurent pas partir avant de connaître la sentence du médecin.

— Madame a une fêlure du crâne, dit-il, je crains une congestion cérébrale.... Quant à la jeune fille, bien que son état soit grave, je ne crois pas à un dénouement fatal; elle est robuste, je la sauverai peut-être.

# III.

## UN LENDEMAIN DE FÊTE.

L'état de M^me de Grandval était désespéré, quelques heures après l'agression dont elle avait été victime, la congestion accomplissait son œuvre de mort. A une crise terrible avait succédé le calme, ce calme trompeur de la fin, que l'on nomme état comateux.

Informée de l'affreux malheur, M^me Duval était accourue et s'était installée dans cette maison déjà en complet désarroi, que personne n'était en état de diriger, et qui allait être livrée au pillage des domestiques.

Sarah avait repris connaissance. Grâce aux soins énergiques du médecin, les poumons reprenaient peu à peu leur fonction,

mais le refroidissement que la jeune fille avait subi faisait de
rapides ravages : bientôt toute trace d'asphyxie allait disparaître pour faire place à une fluxion de poitrine. Deux médecins, venus de Rouen dans la matinée, ne firent que confirmer
ce que leur collègue de Duclair avait déjà dit : « La mère est
perdue ; la fille est bien malade, mais peut-être réussirons-
nous à la sauver. »

M. de Grandval était, depuis l'arrêt des médecins, dans un
état de prostration complète. Assis dans un fauteuil, près du
lit de sa femme, il ne faisait pas un mouvement, et ses yeux,
fixés sur la mourante, ne semblaient rien voir. « Ne le quittez
pas d'un instant, avait recommandé le médecin, car une crise
terrible peut se produire d'un moment à l'autre, et le malheureux serait capable alors d'attenter à ses jours. » Et l'amie
dévouée veillait à tout et à tous.

M. de Grandval n'avait éprouvé, depuis quarante-cinq ans
qu'il était au monde, d'autre chagrin que celui de la mort de
ses parents. Il avait vingt ans alors. A cet âge le jeune garçon,
se sentant devenir homme, oublie vite ses peines, il veut
tout voir, tout connaître, il est possédé d'une espèce de fièvre
impétueuse qui accapare son être et le domine. Dans l'ordre
de la nature, les parents ne doivent-ils pas mourir avant les
enfants ? Ceux de Gaston lui laissaient une grosse fortune

dont il fallait savoir profiter. Gaston avait un caractère pratique, il était très affectueux et aimait la vie de famille. A vingt-cinq ans, il épousa la fille, d'un officier sans fortune, Noémi de Bailleul, jolie et distinguée, dont les précieuses qualités étaient pour lui une garantie de bonheur. Et depuis vingt années, pas un nuage n'était venu troubler le bonheur de ces deux êtres, dont l'affection s'était consolidée encore par la naissance de deux enfants.

C'était donc la réelle première douleur de M. de Grandval, et elle l'avait terrassé. Les grandes douleurs contiennent de l'accablement, elles découragent d'être. L'homme chez lequel elles entrent sent quelque chose se retirer de lui. Quand le sang est chaud, quand les cheveux sont noirs, quand tout est là, les sourires, l'avenir; quand la force de la vie est complète, la visite du chagrin est lugubre, plus tard elle est sinistre.

C'est le cœur serré que M<sup>me</sup> Duval regardait cet homme, si insouciant, si heureux, il y avait à peine vingt-quatre heures, et dont la tête inclinée laissait voir de nombreux fils d'argent mêlés subitement à sa noire chevelure. En ces quelques instants, il avait vieilli de dix ans.

Rien de nouveau ne se produisit dans l'état des malades, la journée n'apporta aucune espérance, c'était une question d'heures. Le médecin déclara le soir que la fluxion de poitrine qu'il prévoyait pour Sarah, était déclarée.

M^me Duval se prodiguait, ne sentant ni la fatigue ni le sommeil. Elle était parvenue à faire prendre une tasse de bouillon à M. de Grandval et à le faire céder aux instances de son valet de chambre, qui le fit mettre au lit, où il s'endormit bientôt d'un sommeil de plomb. La nature ne perd jamais ses droits. Sarah avait le délire, elle criait, se débattait. Cependant le vésicatoire qu'on lui avait posé apporta un soulagement, elle fut plus calme vers le point du jour.

Un silence complet s'était fait : les garde-malades, succombant à la fatigue de deux nuits de veille, sommeillaient près des deux infortunées, tous les bruits s'étaient tus; seule la fidèle amie veillait. Elle écoutait le tic-tac de la pendule et suivait la marche des aiguilles sur le cadran. A quoi pensait-elle? A cette loi inéluctable qui veut que toute créature souffre et meure; à la fragilité du bonheur et de la vie; à l'infini mystérieux.... Puis fatiguée, effrayée peut-être de cet élan téméraire de sa pensée, elle se leva et regarda aux vitres.

Le ciel se colorait, prenant cette teinte de rubis, avant-coureur du soleil. Faible encore, elle dessinait déjà en tendres teintes les contours de la colline voisine, se découpant d'un violet noir intense. Et l'aube se leva, mais si lentement qu'on

pouvait en suivre tous les détails. Elle noya d'abord l'épais-
seur du brouillard, et permit d'apercevoir les nuages grands
et petits qui se heurtaient, se chassaient l'un l'autre, semblant
jouer entre eux comme des êtres vivants qui jouiraient de
cette naissance du jour. Ils passèrent du gris au rose, du
jaune d'ambre à l'or de cobalt. On eût dit une pièce fantastique se jouant à l'horizon et offerte au soleil par quelque
dieu.

Petit à petit le paysage s'éclaira et apparut joyeux, splendide.

La nature ne peut être à l'unisson avec les douleurs
humaines.

Mᵐᵉ Duval, collée à la vitre, contemplait ce splendide spectacle de la nature, ne pensant plus que là, derrière elle, la
mort planait sur l'amie de son enfance. Ce moment d'accalmie
lui avait apporté l'oubli, elle ne pensait plus, elle ne souffrait
plus.

Soudain un bruit de pas légers, discrets, la rappela à la
réalité ; elle se retourna précipitamment : Eva était près d'elle.

Mᵐᵉ Duval mit un doigt sur sa bouche et, d'un geste,
montra la malade à l'enfant qui lui dit tout bas : « Elle dort ?
chère petite mère, comme elle est pâle ! »

Mᵐᵉ Duval prit l'enfant dans ses bras et la reconduisit dans sa chambre. Elle gronda bien fort sa gouvernante de son manque de surveillance. « Bonne amie, ne la gronde pas, dit Eva en passant ses petits bras autour du cou de la bonne dame, ce n'est pas sa faute, car elle ne s'est pas endormie un seul instant cette nuit, je le sais bien, va ! mais j'avais deviné ce qu'on ne voulait pas me dire, et je savais bien pourquoi Mlle Anna me surveillait.... Alors j'ai fini par faire la dormeuse et elle s'est laissé prendre à ma ruse. Comme elle est pâle, ma pauvre maman ! Oh ! elle est bien, bien malade ! Est-ce qu'elle va mourir, dis, bonne amie ? » Mme Duval eut beaucoup de peine à retenir les larmes qu'elle sentait venir à ses yeux ; cependant elle rassura la pauvre petite et lui promit de venir la chercher lorsqu'elle serait réveillée. Elle la remit dans son lit, et posant un baiser sur son front pâle, elle dit : « Dors ! »

Mme Duval entra dans la chambre de Sarah pour s'assurer que la garde-malade faisait son devoir et lui avait administré la potion qu'elle devait prendre toutes les heures, puis elle retourna près de son amie.

Elle y trouva M. de Grandval. Agenouillé devant sa femme, il avait pris une de ses mains et la couvrait de baisers. « Noémi ! disait-il, m'entends-tu ? Ouvre tes yeux, regarde-moi, je t'en prie ! Noémi ! je ne veux pas que tu meures, entends-tu bien ! ou alors je te suis dans la tombe et nos enfants seront orphelins.... »

L'arrivée du médecin mit fin à cette scène.

— Allons, M. de Grandval, dit le vieux praticien, il faut avoir du courage, vous n'avez pas le droit de mourir, vous êtes père.

— Je ne le serai bientôt plus, Sarah va mourir, elle aussi.

— Elle est bien malade, c'est vrai, répondit le médecin, cependant je ne désespère pas de la sauver ; je viens de la voir et je trouve une légère amélioration dans son état. Mais vous avez une autre fille, la jolie petite Eva, vous n'y pensez donc pas ?

— C'est vrai, j'ai deux filles, mais Eva est si petite !

« Et elle tient si peu de place dans la maison et dans votre cœur ! » avait envie de dire Mᵐᵉ Duval. Mais elle pensa que ce n'était pas le moment de faire un pareil reproche à ce malheureux, elle se tut.

On entendit un hurlement prolongé, puis comme une course dans les escaliers. Le hurlement recommença, mais plus près, puis un grattement à la porte, semblable à celui d'un chien qui demande à entrer, fit songer à Magg. Dans l'affolement qu'avait occasionné l'affreux malheur qui frappaît la famille de Grandval, personne ne s'était aperçu de la disparition du chien.

Le brave animal, après avoir mis en pièces l'assassin de ses maîtresses, était parti à la poursuite du complice, dont son flair lui avait dévoilé la présence. Il avait atteint le misérable au moment où il allait franchir la clôture du bois. Une lutte terrible s'était engagée entre l'homme et le chien. Le bandit avait reçu des morsures dont il ne devait pas se relever, mais il avait plongé à deux reprises son couteau dans le ventre de la pauvre bête.

Magg, affaibli par le sang qu'il avait perdu, était resté dans le bois pendant près de deux jours, puis s'était traîné et était enfin arrivé à la maison. Malgré les affreuses souffrances que sa plaie béante lui faisait endurer à chacun de ses mouvements, il était monté, sans être aperçu, jusqu'à la porte de la chambre de sa maîtresse. Son appel suprême avait révélé sa présence, et les domestiques essayaient vainement de s'emparer de lui, il montrait des crocs qui les tenaient en respect.

— C'est Magg! fit M. de Grandval, c'est mon fidèle chien! C'est à lui, docteur, que je dois la vie de ma fille! Le pauvre animal veut voir sa maîtresse qu'il aime tant; je puis le laisser entrer, n'est-ce pas?

— Je n'y vois pas d'inconvénient, dit le médecin. M. de Grandval souleva la tapisserie et ouvrit la porte. Le chien se traîna jusqu'au lit et poussa encore un hurlement. En l'apercevant dans cet état, tous poussèrent des exclamations de pitié.

— Je vais donner des ordres pour qu'on aille immédiatement chercher un vétérinaire, dit M. de Grandval, la courageuse bête mérite bien qu'on essaye de la sauver.

Complaisamment, le médecin conseilla les soins à donner à l'animal, en attendant. On ne pouvait le laisser dans la chambre. Pierre, qui aimait beaucoup le chien de sa maîtresse, fit promptement une espèce de civière qu'il garnit de foin, et aidé de Jules, il y plaça le pauvre animal et tous deux le transportèrent dans sa niche.

Cet incident avait fait trêve un instant aux explosions de désespoir de M. de Grandval. La malade fit un brusque mouvement, le médecin s'approcha d'elle et lui tâta le pouls.

— Du courage, cher monsieur, le moment fatal est proche. Soyez calme, soyez homme! fit-il à voix basse à M. de Grandval.

— Ah! fit M. de Grandval c'est donc vrai! ce n'est pas un rêve!

La mourante avait ouvert les yeux et cherchait autour d'elle.

— Gaston! murmura-t-elle, Marie!

Tous deux se précipitèrent vers elle.

A ce moment la porte s'ouvrit et les domestiques, la figure bouleversée, entrèrent sans bruit et se mirent à genoux dans la chambre.

Ils avaient appris que M^me de Grandval était à toute extrémité, et ils venaient rendre un dernier hommage à celle qui avait été bonne pour tous.

On n'entendait dans la chambre que des sanglots.

La mourante fit signe à son mari de s'approcher.

— Sarah? demanda-t-elle.

— Elle est malade, mais on la sauvera.

Le docteur fit un signe affirmatif.

— Tu vivras pour elle et Eva, dit la mourante.

— Oui, mon adorée, oui! gémit M. de Grandval. Mais toi aussi tu vivras pour les aimer, le bon docteur va te guérir..., déjà tu vas mieux....

Un sourire erra sur les lèvres de la moribonde.

— Marie, dit-elle, tu le consoleras? tu n'abandonneras pas Sarah? Je te donne Eva.

— Compte sur moi, dit M^me Duval, je ferai selon tes désirs.

— Merci? murmura M<sup>me</sup> de Grandval, pouvant à peine articuler les mots. Adieu, adieu, mes chers....

Les lèvres de la mourante remuèrent seulement, elle ne put achever. Ses yeux se fermèrent et elle poussa un soupir, le suprême, le dernier.

Sur cette figure déjà rigide, une expression de sérénité remplaça celle de la souffrance, la bouche eut un sourire qu'elle garda.

Tout le personnel du château défila devant la morte, tous lui donnèrent le baiser d'adieu.

Ce fut M<sup>me</sup> Duval qui s'occupa des funérailles, des formalités à remplir, des invitations. M. de Grandval avait des accès de désespoir ressemblant à la folie; une prostration de quelques heures suivait les accès. Jules, le valet de chambre, ne quittait pas son maître d'une minute. Il se tuera ou il deviendra fou, telle était l'opinion générale.

# IV.

## PÈRE ET FILLE.

Des cris, des larmes, des scènes de désespoir, de folie; des tentatives de suicide, telle fut la situation morale de M. de Grandval après la mort de sa femme. Puis, peu à peu, le calme, voisin de la résignation, se fit.

La maladie de Sarah suivait son cours régulier, après un mois de maladie, elle entrait en convalescence. Alors, avec tous les ménagements possibles, on lui apprit l'affreux malheur qui avait frappé sa famille, et dont elle était la principale victime, car si l'enfant a besoin des soins de sa mère, la jeune fille ne peut se passer de ses conseils, de cette surveillance vigilante qui lui signale les dangers, qui entoure sa jeunesse et l'aide à les éviter.

Sarah sentit vivement la perte qu'elle avait faite, et elle pleura, mais son cœur peu sensible lui dit que ses larmes ne changeraient rien à ce fait accompli par la destinée, et ses larmes se séchèrent; puis elle pensa que pleurer rougit les yeux et que cela ne prouve absolument rien.

Certes, on peut avoir le cœur ulcéré sans que ce signe extérieur vienne le confirmer, car ces trois êtres désolés, M<sup>me</sup> Duval, Eva, le vieux Pierre, ne versaient pas de larmes, bien que leur chagrin ait gardé la même acuité qu'au premier jour.

M<sup>me</sup> Duval, qui n'avait pas quitté d'un instant cette maison où tout souffrait de la perte de son amie, suffisait à la lourde tâche; grâce à son courage infatigable, elle surveillait la garde-malade, les domestiques, réglait les dépenses, consolait la petite Eva, tenait compagnie à la malade, et ne perdait pas de vue un seul instant le désolé M. de Grandval.

— Ah! lui disait le vieux Pierre, que deviendrai-je lorsque vous ne serez plus là? Il y a en votre cœur, voyez-vous, comme un reflet de ma pauvre maîtresse. Voyons, ma bonne madame, est-ce qu'il n'aurait pas mieux valu que ce fût moi qui partis plutôt que cette chère créature? A quoi est-il bon le vieux

M. de Grandval aperçut à terre le corps inanimé de sa femme.

Pierre à présent? Tandis qu'elle!... Voulez-vous que je vous dise? Eh bien!... les Grandval sont perdus. Oui, perdus! C'était notre chère dame qui dirigeait tout, et ce n'est pas M. de Grandval qui saura se tirer de là, je le connais bien, allez! C'est un excellent homme, mais il ne sait que dépenser. Ah! si madame ne l'avait par arrêté bien souvent.... Puis, il y a mademoiselle.... M'est avis qu'elle va faire danser les écus, et ce n'est pas son père qui s'y opposera. Et elle me fera mettre à la porte, car elle ne m'aime pas, je le sais bien. En voilà une chose qui me fera du chagrin! J'espérais bien mourir dans cette maison, cependant.... Ah! ce jour-là, voyez-vous, ma bonne madame Duval, la vie sera triste pour moi.

Et l'excellente femme trouvait des mots pour consoler ce vieillard et lui donner une confiance qu'elle n'avait pas.

— Ne vous tourmentez pas, mon bon Pierre, lui dit-elle un jour; si on vous renvoie, vous aurez chez moi un asile jusqu'à la fin de votre existence. Nous parlerons « d'elle » ensemble, et c'est moi qui vous fermerai les yeux.

La bonne créature avait trouvé le baume qui seul pouvait soulager la blessure. Le vieillard ne parla plus de découragement.

A mesure que Sarah reprenait des forces, son caractère altier recommençait à peser sur tous ceux qui l'entouraient.

Elle débuta en mettant à la porte sa femme de chambre; puis ce fut le tour de la cuisinière, du valet de son père. Tous y passèrent, malgré la désapprobation de M^me Duval; le vieux Pierre ne fut pas épargné.

M. de Grandval avait consenti à ce renouvellement de son personnel, trouvant que, sa fille devant avoir à l'avenir la direction de la maison, il était rationnel qu'elle eût des domestiques à son choix.

M^me Duval, convaincue de l'inanité de ses conseils, mécontente de tout ce qu'elle voyait, de tout ce qu'elle entendait, résolut de quitter le château où ses soins étaient devenus inutiles. D'ailleurs, la saison d'aller faire sa cure à Vichy approchait. Que serait-il décidé pour Eva? Cette pensée la tourmentait fort, et elle se résolut à attaquer la question en annonçant son départ.

Sarah, impatiente de pouvoir agir à sa guise sans contrôle, profita d'une promenade que M^me Duval avait tenu à faire faire à Eva, très souffrante depuis quelques jours, pour faire approuver par son père sa manière de voir.

— Ne trouves-tu pas, père, dit-elle en s'asseyant auprès de M. de Grandval, que notre vieille amie est bien indiscrète?

— Comment cela, ma chérie?

— Elle reste chez nous plus longtemps qu'il n'est nécessaire. Nous n'avons plus besoin d'elle, et je crains bien que son intention soit de faire de notre maison la sienne! Tu ne ferais pas mal de lui en dire quelques mots.

— Oh! mais ce n'est pas facile de dire à une amie aussi dévouée que l'a été cette excellente femme : « Allez-vous-en, nous n'avons plus besoin de vous! »

— En vérité, père, tu deviens de moins en moins énergique,. Tu fais des affaires d'état d'un rien....

— Tu appelles cela rien, toi, fillette!

— Cela suffit! Du moment que je ne puis compter sur toi, je m'en charge.

— Dis-lui cela bien gentiment, au moins....

— Cela dépendra.... Parlons d'Eva, maintenant, veux-tu?

— Mais certainement. Elle est un peu souffrante, m'a dit M^{me} Duval.

— Elle se forge des idées, cette femme-là! Eva grandit, voilà ce qu'elle a. Il m'est venu une idée : Tu dois bien penser que ce n'est pas une jeune fille de mon âge qui peut se charger de diriger l'éducation d'une enfant? Cette petite est paresseuse, maussade, elle a besoin de vivre avec d'autres enfants pour se corriger de ces deux défauts; il faut la mettre en pension.

— Y songes-tu?...

4

— Sérieusement. Où sera le mal? Eva trouvera au pensionnat tous les soins désirables; elle aura des professeurs aussi capables que ceux que tu ferais venir à grands frais; elle aura des compagnes, ce qui sera plus gai pour elle que la vie solitaire qu'elle mène ici.

— Notre bonne amie se chargerait d'elle volontiers; je crois même qu'elle y compte. Elle aime tant cette petite qu'elle est une mère pour elle.

— Mais ce serait la plus mauvaise détermination que l'on puisse prendre! M^{me} Duval est une bonne femme, j'en conviens, mais elle n'entendait rien à l'éducation. Avec ses idées étroites, absurdes, d'un autre temps et d'un autre monde que le nôtre, elle ferait d'Eva une bonne petite bourgeoise, rien de mieux! Non, c'est le pensionnat qu'il lui faut, pas autre chose.

— Tu peux bien avoir raison. Occupe-toi de cette affaire-là, je me déclare incompétent.... Voilà justement M^{me} Duval, je te laisse t'arranger avec elle, j'aime mieux cela.

— Reste, je t'en prie.

M^{me} Duval s'était arrêtée discrètement à la porte du salon; ne voulant pas interrompre la conversation du père et de la fille, elle dit :

— Excusez-moi de vous avoir dérangés, je reviendrai plus tard.

— Pas du tout, dit Sarah, entrez.

Mme Duval jeta un regard navré autour d'elle : le salon était garni de fleurs, il y en avait dans tous les coins, sur tous les meubles, c'était un vrai bouquet. Sarah portait un costume noir, à la vérité, mais orné, coquet; sa belle chevelure était arrangée avec art et ornée de jais. Sur ces deux figures du père et de la fille, nulle trace de chagrin ne se lisait : quelques mois avaient suffi pour amener l'oubli.

— Nous parlions de vous, bonne amie, dit Sarah.

— Vraiment! fit Mme Duval. Et serais-je indiscrète de vous demander ce que vous en disiez?

— Nullement, répondit la jeune fille d'un air fort aimable. Je disais à père que vous auriez grand besoin d'aller faire votre saison à Vichy le plus tôt possible, et qu'il est de notre devoir de ne pas accepter plus longtemps le sacrifice que vous nous avez fait de votre liberté. Il ne faut pas être égoïste!

— Et que disait votre père?

— Il était de mon avis.

— Je venais précisément vous parler de la nécessité où je me trouve de vous quitter, dit Mme Duval, et je craignais quelques objections de votre part, M. de Grandval. Je vous connaissais mal et je vous remercie tous deux de l'intérêt que vous prenez à ma santé.

Sarah ne remarqua pas le ton ironique de M^me Duval, heureuse qu'elle était d'avoir évité un débat désagréable, M. de Grandval était en extase devant son idole, et il pensait : Quelle femme de tête que ma fille ! Comme elle a su tourner la difficulté ! Je vois que je puis lui laisser la direction de ma maison, elle s'en acquittera mieux que je ne saurais le faire.

— Je pourrai retourner chez moi ce soir même, continua M^me Duval ; je ferai prendre ma malle. Je suis fâchée de réveiller votre douleur en vous parlant de notre chère morte, mais je ne veux pas vous quitter sans vous rappeler ses dernières paroles, renfermant sa dernière volonté : « Tu le consoleras, tu n'abandonneras pas Sarah.... Je te donne Eva. » J'ai juré de remplir la volonté de ma pauvre amie, et je pense, j'espère que vous n'y mettrez pas d'obstacle. J'ai accompli une partie de mon serment, je vous ai consolé, M. de Grandval ; j'ai donné quelques conseils à Sarah, qui m'a déclaré pouvoir s'en passer et m'a enjoint de l'en dispenser à l'avenir. Malgré cela, je ne me trouve pas déliée de mon serment, et n'oubliez pas, Sarah, que je serai toujours prête à vous être utile.

— Merci, répondit Sarah d'un air impertinent, mais il est probable que vous n'aurez pas cette peine.

— Qui peut savoir ? le malheur vient si vite, et de façon si imprévue parfois....

— Nous en avons su quelque chose! murmura M. de
Grandval ému.

— Vous êtes bien maladroite! fit Sarah en montrant son
père.

— Vous voulez donc l'oublier complètement! dit amèrement
M^me Duval. Allons, puisque vous le désirez, parlons d'autre
chose. Parlons d'Eva.... Je ne vous demande pas : donnez-la
moi, mais confiez-la moi.

— Nos dispositions sont prises à cet égard, chère madame,
vous avez parlé trop tard.... Eva ira en pension à Rouen, au
couvent d'Ernemont.

— Je ne vois pas l'impossibilité de revenir sur une décision
de ce genre.

— Jamais je ne reviens sur une détermination! fit l'arrogante
Sarah.

— Prononcez-vous, M. de Grandval, dit M^me Duval, cette
question ne doit être résolue que par vous, vous le père d'Eva,
ce me semble.

— J'ai passé mes pouvoirs à Sarah, répondit M. de Grandval,
désormais, c'est elle qui s'occupera de tout ici. Que voulez-
vous? chère madame, je n'ai jamais eu cette préoccupation
ennuyeuse de l'existence, ma pauvre Noémi m'en avait
déchargé, et je m'en suis bien trouvé. Sarah possède les mêmes

capacités d'organisation, d'administration que sa mère, et elle a en plus l'énergie qui lui manquait. Je ne crois pas pouvoir mieux faire que de m'en rapporter à elle.

Profondément blessée, M<sup>me</sup> Duval sortit du salon.

———

# V.

## PARIS! PARIS!

Il y a plus d'une année que M^{me} de Grandval, n'est plus; l'hiver est revenu, ramenant les jours moroses, des pluies, des brouillards, des neiges.

Sarah ne cesse de se plaindre de la tristesse de la campagne.

Deux ans! répète-t-elle sans cesse, voici deux ans que je me meurs d'ennui...! Comment peut-on passer sa vie dans un petit pays comme Duclair? Oh! s'il n'y avait que moi...! Mais mon père acceptera-t-il mes projets?

Après bien des hésitations, elle résolut de décider son père à aller habiter Paris.

— Père, dit-elle un jour, quel est le chiffre exact de notre fortune?

— Pourquoi cette question? fit M. de Grandval étonné. Ne t'ai-je pas dit que nos dépenses, du temps de ta mère, s'élevaient à trente mille francs par an? N'ai-je pas ajouté que je ne te demandais qu'une chose : ne pas dépasser cette somme?

— C'est une réponse de Bas-Normand que tu me fais là! Je te demande le chiffre de notre fortune, donne-le moi, je m'expliquerai ensuite.

— La valeur de mes biens est d'un million deux cent mille francs, à peu près.

— Alors nous avons plus de trente mille francs de rentes....

Mon père, il y a une chose qui m'étonne, c'est que, avec ta fortune, tu ne sois pas allé habiter Paris.

— C'est la dernière ville du monde que je choisirais! fit M. de Grandval en s'animant. J'y ai passé quelques années et je connais le gouffre....

— Mais en examinant le chiffre de ses dépenses, il est facile de l'éviter ce gouffre, dit Sarah en se rapprochant de son père, et en prenant un ton caressant, comme lorsqu'elle voulait plier la résistance paternelle à une nouvelle exigence. Conviens, mon petit papa, que ton Duclair n'est pas amusant pour une jeune fille de mon âge. N'as-tu pas songé qu'il te faudra un un jour penser à l'avenir de ta fille?

— Je penserai à cela le plus tard que je pourrai....

— Alors, si tu veux que je fasse comme toi, mon cher papa, laissons Duclair et allons à Paris.

— Quelle idée! exclama M. de Grandval. Voyons, cherche autre chose que cela.... Nous passerons l'été ici, et nous irons l'hiver visiter l'Italie, l'Espagne, le midi de la France. Qu'en dis-tu?

— Je n'aime pas, comme toi, à visiter les monuments. Et comme l'usage en France ne permet pas à une jeune fille d'aller seule où elle désire, je dois te suivre partout, ce qui n'est pas souvent amusant.... Non, pas de voyages, je ne les aime pas. Allons habiter Paris, et, tiens, je te ferai une concession : nous viendrons l'été à Duclair.... Je suis bonne fille, tu vois ! Allons, cher petit père, tu ne refuseras pas de faire quelque chose pour ta Sarah.... Je suis possédée du désir d'habiter Paris, je ne songe qu'à cela....

— En admettant, ma chère enfant, que je te fasse ce gros sacrifice, il est une chose qui me ferait souffrir bien autrement..., ta pauvre mère était de mon avis, et nous avions résolu tous deux de passer nos jours dans le charmant pays où nous avons nos intérêts et d'aimables relations.

— Si c'est là ta raison, cher papa, elle n'est guère sérieuse ! Puisque tu as un notaire, ton ami, qui s'occupe de tes affaires, il le fera tout aussi bien lorsque tu seras à Paris, ta présence ne lui est nullement indispensable. Quant aux relations dont tu parles, tu en trouveras de suite autant partout : petits propriétaires, commerçants retirés des affaires et autres. Je sais bien qu'ici on n'a pas le choix, et qu'il faut bien se contenter de ces aimables relations, comme tu les appelles ; mais à Paris, nous aurons mieux, je l'espère. Nous y allons, n'est-ce pas ? C'est décidé ?

— Tu t'imagines peut-être, enfant, faire figure à Paris ? Erreur, nous serons parmi les modestes. Ici, au contraire, nous sommes les grands personnages du lieu. Ou nous souffrirons de vivre dans l'ombre à Paris, ou nous y engloutirons notre fortune, voilà l'alternative dans laquelle nous nous trouverons.

— Je t'affirme, moi, que nous aurons de très belles relations. Voyons, mon petit papa, dis oui à ta fille.... Si les choses ne marchent pas à ton idée, nous reviendrons ici, c'est bien simple.... On peut toujours essayer.

— Oui, en effet, on pourrait revenir....

— Alors, c'est décidé ? fit Sarah en entourant de ses bras le cou de son père qu'elle voyait faiblir.

— Du moment que c'est un essai..., et puisque cela te fait tant plaisir, allons habiter Paris...

La jolie figure de Sarah prit une expression de joie infinie. Elle avait eu grand'peur un moment, et le débat avait été rude, mais elle avait remporté la victoire.

— Oh! que tu es bon! dit-elle à son père en l'embrassant avec effusion. Que tu es bon, et que je t'aime!

Et sa pensée, envolée vers la ville de ses rêves, ne trouvait plus qu'un mot pour traduire se joie : « Paris! Paris! »

# VI.

## RUINÉ.

Deux années se sont écoulées; nous retrouvons Sarah à Paris, dans un charmant hôtel des Champs-Elysées. L'ameublement est luxueux, quatre domestiques se partagent le travail. A Paris les courses sont longues, une voiture s'impose, et avec elle des chevaux. Cet achat avait été reconnu indispensable par M. de Grandval. Puis cela n'avait pas suffi à Sarah qui tenait à se montrer au bois, partout où elle pourrait faire valoir sa beauté et son élégance. Elle avait été vite remarquée, et bientôt aux visites du voisinage les invitations s'étaient ajoutées. Un beau nom, une apparence de fortune

suffisent à Paris pour se faire des relations. Les salons de
M. de Grandval s'ouvrirent à nouveau.

L'esprit léger, superficiel de M. de Grandval, s'était prompte=
ment fait à cette vie qui n'était plus que fêtes, réceptions,
festins, théâtres; elle endormait la douleur qu'il avait gardée
en secret dans son cœur; loin des lieux où il avait vécu près
de sa chère épouse, il n'éprouvait plus que rarement cette
impression douloureuse qui le rendait si malheureux. Et
comme le goût se fixe toujours en particulier sur ce qui
l'attire, il s'était adonné au jeu, et il y avait bientôt trouvé
un charme captivant.

Il se contenta d'abord de jouer chez lui, chez ses nouveaux
amis, ne risquant que de faibles sommes. Bientôt cela ne lui
suffit plus, il fréquenta les maisons de jeu. Alors ce goût se
transforma en passion, et le jeu est une de ces passions qui
ne lâche pas aisément sa proie. Regagnant le lendemain ce
qu'il avait perdu la veille, perdant ensuite ce qu'il avait gagné,
il trouvait ce passe-temps peu coûteux en réalité, et se per=
suada qu'il ne causait la ruine que dans les romans.

Puis, il espérait qu'un jour la chance lui ferait gagner une
grosse somme, et il se promettait de ne pas la risquer, elle
servirait à réparer la brèche faite à sa fortune. Son installa=
tion à Paris, son train de maison depuis deux ans lui avaient

coûté fort cher. Bien que son notaire ait éveillé son attention à plusieurs reprises, il avait laissé les choses aller. L'essai n'avait pas réussi, mais il n'avait pas eu le courage de quitter cette vie à laquelle il trouvait un certain attrait et qui rendait Sarah si heureuse. Et les hypothèques s'ajoutaient aux hypothèques sur les propriétés de M. de Grandval.

Et la petite Eva, que devenait-elle si loin de sa famille?

Cette vie de séquestrée avait failli la tuer. Mais elle était si douce, si aimante, que des amitiés étaient venues à elle. Ses maîtresses elles-mêmes s'étaient prises de sympathie pour la pauvre délaissée, si triste dans sa robe noire, si pâle qu'on eût dit que la vie se retirait d'elle au plus vite. Et on l'avait choyée, caressée, on avait essuyé ses larmes, et elle s'était résignée.

Jamais Eva n'était allée à Paris, elle ne voyait son père et sa sœur que pendant leur séjour au château, c'est-à-dire plusieurs fois pendant les deux mois qu'ils y restaient. Elle passait ses vacances chez Mme Duval, car la bonne âme ne s'était pas lassée, elle avait insisté pour obtenir au moins la permission d'aller visiter l'enfant et de la faire sortir. Sarah avait calculé que ce serait une maladresse de refuser cet appui moral qui la déchargerait de bien des ennuis, et elle avait cédé.

Sans souci pour ces deux êtres, dont la vie s'écoulait si

douce, se contentant de ces petits bonheurs qui sont de tous les jours, quand on sait les goûter, Sarah se lançait de plus en plus dans la grande vie parisienne. Elle avait des succès éclatants de beauté, d'esprit, d'élégance, de talents; mais là, comme à Duclair, les cœurs s'éloignaient d'elle.

M. de Grandval ne quittait plus le tapis vert.

« Mon cher ami, lui écrivit un jour son notaire, vous courez à votre ruine; je vous l'ai déjà écrit, mais vous n'en avez pas tenu compte. Depuis trois ans, vous avez mangé trois cent mille francs! Il faut mettre, de plus, en ligne de compte les deux cent mille francs de votre installation à Paris, total : cinq cent mille francs, dont nous déduirons les quatre-vingt-dix mille francs qui sont rentrés pendant ces trois années, ce qui nous fait un petit déficit de quatre cent dix mille francs! A ce compte, vous en avez à peu près pour quatre ou cinq ans.

« Il doit y avoir chez vous un gaspillage affreux. Hélas! vous vous apercevez que votre pauvre femme n'est plus là.... Allons, de l'énergie, mon pauvre ami, revenez-nous, et nous aviserons au moyen de réparer le désastre pendant qu'il en est temps encore; ma vieille et sincère amitié est toujours à votre service, et j'espère que vous entendrez ce qu'elle vous conseille. »

Après la lecture de cette lettre, M. de Grandval eut un moment de sérieuse inquiétude, il eut la vision de l'abîme vers lequel les prodigalités de Sarah, le gaspillage des domestiques, ses pertes de jeu, le menaient à grands pas. Et il n'avait plus que quatre années pour en arriver là! La ruine! Pouvait-il se faire une idée exacte de ce terrible mot, cet homme qui était né riche, qui n'avait jamais eu besoin de donner sa peine au travail qui doit procurer le pain quotidien; qui n'avait jamais souffert de la faim et du froid! La ruine? c'est-à-dire perdre tout ce que l'on possède. Et il était là à chercher ce qu'il ferait alors.... Il trouva cependant que le meilleur moyen était de suivre le conseil de son notaire. Il pensa que Sarah n'allait pas entendre raison, qu'il allait avoir à subir une de ces scènes terribles qui le troublaient et lui ôtaient son peu d'énergie.

« J'ai trouvé! » s'écria-t-il soudain.

Il s'habilla à la hâte, sans le secours de son domestique, et s'achemina vers la maison de jeu.

Sa résolution était prise : gagner de quoi réparer les désastres de sa fortune, ou mourir.... Cette nuit allait décider de son sort.

Son premier enjeu fut modeste, mille francs qui lui restaient de la veille. Il gagna et doubla son enjeu. Il jouait avec une

5

rage qu'on ne lui connaissait pas, on devinait une tempête dans ce cœur si calme d'habitude ; il fut alors le sujet de l'intérêt de ceux qui viennent chercher, autour de la table, des émotions violentes.

M. de Grandval, ressaisi par le charme, perdit bientôt son air farouche du début, il était redevenu le beau joueur dont tout le monde admirait l'insouciance. Il est vrai que le tas d'or et de billets placé devant lui grossissait à vue d'œil. La chance était pour lui, Elle allait donc être juste une fois, cette aveugle ! Oh ! quelle leçon pour lui que ces trois années écoulées ! Assez de faiblesses coupables. Sarah choisirait entre les prétendants à sa main qui attendaient sa décision, ou elle reviendrait à Duclair.... Et il serait insensible aux larmes, aux prières, aux colères de ce tyran. Et il reprendrait à Duclair sa vie calme d'autrefois, ses chasses, ses promenades au bord du grand fleuve.

Les rangs des joueurs s'étaient éclaircis. Seuls, quelques enragés parieurs étaient restés, voulant voir quel serait l'heureux vainqueur de ce duel, dont l'issue pour le vaincu serait la mort. Ils avaient l'expérience de la chose, ils savaient que le joueur qui s'acharne de la sorte ne peut plus s'arrêter, c'est une fièvre ; il joue tout ce qu'il possède, il jouerait son âme.

Le partenaire de M. de Grandval était un Hollandais du nom de Paterboon, on l'appelait « major ». Depuis trois mois qu'il était à Paris, c'était un assidu de la maison. On le disait fort riche. Calme, froid même, qu'il perde ou qu'il gagne, sa figure ne trahissait pas la moindre émotion. Il était souvent en « veine » et, comme il jouait gros jeu, il lui arrivait parfois de ne pas trouver d'adversaires à sa taille. Aussi rattrapait-il le temps perdu en ce moment. Trois heures du matin trouvèrent encore les deux joueurs en face l'un de l'autre. M. de Grandval, grisé par l'enthousiasme de son succès, avait oublié sa résolution prudente de se retirer en temps; la chance tourne souvent au moment où on s'y attend le moins, elle est si capricieuse.

Il arrive toujours, à ceux qui veillent, qu'au point du jour leur tête s'alourdit, ils se sentent ensuite envahis par un besoin de dormir irrésistible.

Le major ne paraissait nullement gêné, il était dans ses habitudes de faire de la nuit le jour. Il n'en était pas de même de M. de Grandval, ses paupières se fermaient malgré lui.

— Si nous en restions là pour aujourd'hui, dit-il, je me sens fatigué.

— Pas encore, dit le major en tirant son carnet. Vous avez

devant vous cinquante mille francs de plus, je vous en dois deux cent mille. Nous allons faire une partie qui marquera dans les annales de cette maison : Quitte ou double, voulez-vous ?

— Demain n'est-il pas là ? fit M. de Grandval commençant à reprendre possession de lui-même.

— Vous ne pouvez refuser, s'écrièrent les parieurs. Vous ne voudriez pas que nous croyions que vous avez une fortune à refaire.

Le major esquissa un sourire railleur.

— Vous êtes libre, mon cher monsieur, dit-il.

— Allons, fit M. de Grandval piqué et gêné par le regard froid, incisif, de l'œil bleu du Hollandais.

— Allons, quitte ou double !

M. de Grandval gagna encore la partie.

— Superbe ! magnifique coup ! dit le major ; j'ai constaté cependant que votre main tremblait.

C'est donc cinq cent mille francs que vous vaut cette superbe partie. La belle à présent ! Toujours quitte ou double.

Les yeux étincelants de convoitise, tout son sang au visage, le corps brûlant de fièvre, M. de Grandval n'hésita pas un instant.

— Allons ! fit-il.

Les Champs-Elysées.

Dès les premières cartes, il vit que la veine l'abandonnait, et un frisson le secoua de la tête aux pieds, maintenant il avait peur.... On eût entendu son cœur battre si l'attention de chacun n'avait été absorbée par ses propres intérêts, car les paris étaient importants.

La voix toujours calme du major annonçait ses coups ; celle de M. de Grandval était de plus en plus tremblante, elle sortait avec peine de sa gorge contractée et ne laissait aucun doute sur l'état de son âme.

— Je ne donnerais pas vingt sous de la peau de ce pauvre homme, dit un jeune homme à l'oreille de son voisin. Celui-ci fit une moue significative.

— Brave major ! s'écria-t-on en voyant tomber les dernières cartes.

La partie était terminée, M. de Grandval était redevable d'un million au major hollandais.

— Vous prendrez votre revanche demain, dit l'heureux gagnant. Je vous dois une agréable soirée, il y a longtemps que je n'en avais passé une pareille ! J'attends de jour en jour l'ordre de reprendre mon commandement, s'il m'était impossible de venir demain soir, je vous le ferais savoir, mon cher monsieur, et nous prendrions nos arrangements pour le règlement ; on n'a pas toujours un million en portefeuille.

— En effet, balbutia M. de Grandval dont la pâleur était effrayante. Donnez-moi votre adresse, major, demain vous recevrez la garantie en attendant le règlement.

— Vous renoncez à prendre votre revanche, en admettant que je puisse vous l'offrir?

— Oui.

— A votre aise, cher monsieur. Une dette de jeu est sacrée, tout joueur sait cela et s'y conforme, quand il est honnête homme; je n'ai donc rien à craindre avec vous.

— Voici ma carte, dit M. de Grandval. Ces deux messieurs qui me connaissent, peuvent en attester l'authenticité.

— Nous nous portons garants de l'honorabilité de ce monsieur, dirent les personnages interpellés.

— Je n'ai plus qu'à vous serrer la main, cher monsieur, dit le major. J'espère que ce petit tour que vous a joué dame chance cette nuit, ne vous fait pas un tort sérieux. A moins que d'avoir perdu la raison ou d'être un filou, celui qui risque un million au jeu, c'est qu'il en a dix.... Allons, cher monsieur, à bientôt.

M. de Grandval ne trouva pas un mot à répondre, il lui semblait être sous le coup d'un cauchemar. Il sortit, se dirigeant machinalement par la force de l'habitude vers son hôtel, chancelant parfois comme un homme ivre.

Il faisait jour. Malgré l'heure matinale, de nombreuses personnes, ouvriers se rendant à leur ouvrage, petits revendeurs revenant des halles, parcouraient déjà les rues. A l'hôtel, tout dormait encore, et M. de Grandval fut obligé d'attendre que la concierge ait daigné tirer le cordon pour entrer chez lui.

— Quelle mine a le patron ce matin! pensa cette commère, il doit être malade.

## VII.

### DRAME.

M. de Grandval gagna sa chambre sans rencontrer personne; les domestiques n'étaient pas levés. Il s'affaissa dans un fauteuil, le front plissé, l'œil atône, vieilli, fini.

Et cette phrase du major revenait sans cesse à sa pensée : « A moins que d'être un fou ou un filou, quand on risque un million au jeu, c'est qu'on en a dix. » C'était une obsession qui menaçait de faire éclater son cerveau. Enfin, il s'endormit.

Il fut tiré de ce sommeil quasi réparateur par un bruit de pas. Son domestique était devant lui, tenant un plateau sur lequel il y avait une lettre.

— Je suis déjà venu plusieurs fois pour demander les ordres de monsieur, dit le valet, mais monsieur dormait si bien que je n'ai pas osé le réveiller. Cette fois, c'est une lettre que j'apporte, je n'ai pas cru devoir différer de la donner à monsieur.

— C'est bien, Jules, merci.

— Monsieur veut-il que je lui monte son déjeuner?

— Non. Quelle heure est-il?

— Dix heures.

— Où est M<sup>lle</sup> Sarah?

— Elle est encore couchée. Monsieur a-t-il quelque chose à lui faire dire?

— Absolument rien.

— Monsieur est très pâle, très fatigué, veut-il que je l'aide à se mettre au lit?

— Non, laissez-moi, Jules. Je ne veux pas être dérangé, vous entendez bien? Vous ne viendrez que lorsque je vous sonnerai. Je n'y suis pour personne.

— Pas même pour mademoiselle?

— Pas même pour elle. Allez.

Le domestique se retira en se disant : « Il se passe quelque chose qui n'est pas naturel! » M. de Grandval ferma sa porte à double tour, se déchaussa, revêtit sa robe de chambre, et baigna sa figure d'eau fraîche. Un peu ranimé, il alla s'asseoir devant son bureau, prit son revolver qu'il chargea et plaça devant lui, puis il atteignit du papier à lettres et se disposa à écrire. Se rappelant la lettre que le domestique lui avait remise, il l'alla chercher dans sa chambra et revint s'asseoir à son bureau.

Cette lettre était du major hollandais. Il avisait M. de Grandval qu'ayant reçu ce matin même l'ordre de départ qu'il prévoyait, il allait remettre ses pouvoirs à un homme de loi qui se présenterait à l'hôtel le jour même, afin de s'entendre sur le règlement du million. La ruine était donc définitive et sans retour. Résolument il se mit à écrire sur une de ses cartes :

« Prie M. le chargé d'affaires de M. le major Paterboon de revenir demain dans la journée pour s'entendre avec mon notaire. »

Ensuite il griffonna un modèle de télégramme à envoyer à Mᵉ Bérard, notaire :

« Venir de suite, grave affaire. Trouverez lettre explicative. Adieu. »

La lettre contenait ces quelques lignes :

« Voulant réparer les brèches faites à ma fortune, j'ai joué et j'ai perdu un million, que je reconnais devoir au major

Paterboon. Vous vous entendrez avec son chargé d'affaires qui se trouvera ici à cet effet, demain, dans la journée.

« Vous mettrez donc mes biens en vente. J'espère que vous arriverez à fournir la somme, il faut que mon honneur soit sauf.

« Je ne veux pas survivre à la ruine, je me tue, vous trouverez mon cadavre.

« J'écris à Sarah, je lui conseille de se réfugier chez cette bonne M^{me} Duval où elle attendra la liquidation de la succession,

« De la mort de ma pauvre femme datent tous mes malheurs. Ma grande faiblesse pour ma fille aînée a été ma perte.

« Merci de votre sincère amitié, mon cher Bérard, c'est à elle que je confie le soin de faire honneur à mon nom. »

A M^{me} Duval il écrivit :

« Dans quelques instants, excellente amie, j'aurai cessé de vivre. Je suis complètement ruiné. Bérard vous donnera des renseignements à ce sujet.

« Le vœu de ma bien-aimée Noémi sera réalisé. Je vous donne Eva, elle ne saurait être en meilleures mains pour devenir ce qu'était sa mère, une perfection. Que va devenir ma pauvre Sarah ? Je vous l'envoie et vous supplie de ne pas l'abandonner. Oubliez qu'elle s'est montrée peu aimable pour vous, c'est au nom de celle qui n'est plus que je vous le demande.

« Adieu, chère et bonne amie. »

Ce fut le tour de Sarah.

Il ferma un instant les yeux pour se recueillir. Alors, avec la lucidité que donne la mort qui va bientôt s'emparer de sa proie, il vit son idole ce qu'elle était : dure, égoïste, orgueilleuse, sans cœur. Le voile qui couvrait ses yeux était tombé. Ah! qu'il se trouvait coupable alors! Tout s'enchaîne dans la vie, ceci est toujours la conséquence de cela. Cette Sarah qu'il avait exclusivement aimée était l'auteur de sa ruine, l'auteur de sa mort!... Mais n'avait-t-il pas eu le tort de faire une idole de cette enfant? N'avait-il pas été coupable de faiblesse à son égard? N'avait-il pas agi avec une légèreté impardonnable en lui laissant la direction de sa fortune?

Qu'allait-il lui dire à cette heure suprême? Quelles paroles pouvaient être capables de remuer ce cœur fermé à tous les bons sentiments?

Il ne traça que quelques lignes.

« Si j'avais eu l'énergie de résister à ton désir de venir à Paris, ma fille, si nous étions restés dans le lieu charmant où notre vie s'écoulait si douce, nous ne serions pas ruinés. La

conséquence de ce désastre est ma mort, je me tue. Mon
ami Bérard sera ici demain, il s'occupera de tout.

« Tu quitteras au plus vite cette maison où rien ne t'appartient plus, et tu te retireras chez M^{me} Duval, à laquelle j'écris.
Ecoute ses conseils, Sarah, tu t'en trouveras bien ; je le désire,
espérant que tu n'iras pas contre ma volonté dernière. Sois
enfin la sœur de ma pauvre Eva que nous avons si délaissée.

« Adieu, pauvre enfant, sois courageuse à supporter la vie
de travail qui sera la tienne. »

M. de Grandval, calme, résolu, presque heureux de la
perspective de quitter bientôt cette vie, dont il n'avait à
attendre désormais qu'une existence misérable et abandonnée, relut tout ce qu'il venait d'écrire avec un sang-froid
dont nul ne l'aurait cru capable.

« Je vais droit au but, se dit-il, sans phrases. A quoi bon en
faire ? Serais-je pleuré davantage ? Sarah a trouvé peu de
larmes pour sa mère, je ne puis espérer plus. Oh ! l'oubli
vient vite. »

Il rangea les lettres sur son bureau, bien en vue, y ajouta un
papier sur lequel il écrivit en gros caractères : « Télégramme
à envoyer de suite, ainsi que la lettre adressée à M^{me} Duval.
Remettre à M^e Bérard, notaire, aussitôt son arrivée ici, celle
qui est pour lui. — J. de Grandval. »

Ceci fait, il alluma une cigarette et, appuyant sa tête au dossier de son fauteuil, il suivit d'un œil distrait les spirales de fumée montant vers le plafond et s'étendant en nuage.

Il pensait à l'avenir, non pour lui qui allait mourir, mais pour les deux êtres qu'il aimait également à cette heure. Sans doute le coin du voile qui se déchira pour lui ne lui laissa-t-il voir que des choses consolantes, car un sourire erra à la fin sur ses lèvres.

Sa cigarette s'était éteinte, il la jeta.

« Il est temps ! dit-il. Qu'ai-je à craindre ? Je n'ai jamais commis aucune mauvaise action. Puis, quand on compte comme moi des preux parmi ses ancêtres, on doit savoir mourir quand cela est nécessaire. » Il prit son revolver d'une main ferme et l'appliqua sur son front. Sans doute une réflexion surgit à son esprit, car il baissa la main, écarta sa chemise et posa le canon de l'arme sur sa poitrine.

Un coup sourd se fit entendre : la balle avait frappé juste, elle avait donné ce qu'on lui demandait, la mort.

Onze heures sonnaient, c'était le moment du déjeuner. Le domestique monta prévenir son maître et fut surpris, inquiet même, de trouver la porte de sa chambre fermée. Il frappa. Ne recevant pas de réponse, il pensa qu'il écrivait ou lisait dans son cabinet de travail, comme cela lui arrivait parfois. Il put pénétrer dans cet appartement par le cabinet de toilette contigu.

M. de Grandval était aimé de ses domestiques qu'il traitait avec bonté; cette triste fin, si inattendue, leur causa une véritable affliction. Ce fut un coup terrible pour Sarah. Le cœur le plus endurci s'émeut devant la mort.

A la vue de son père, dont les yeux vitrés semblaient la regarder, elle était tombée à genoux, baisant sa main déjà rigide, l'arrosant de ses larmes.

On lui avait d'abord caché la vérité, chose facile, car la blessure n'était pas apparente. Elle croyait à une attaque foudroyante, comme tout le monde. Seul, Jules savait à quoi s'en tenir, mais se faisant un point d'honneur de ne pas ébruiter ce drame de famille, il s'était tu et avait fait disparaître toute trace de suicide. Il envoya à la hâte la lettre et le télégramme, et lorsqu'il vit Sarah plus calme, il lui remit, après l'avoir préparée avec tous les ménagements possibles à la terrible vérité qu'elle allait apprendre, la lettre de son père.

Sarah la lut et, croyant n'avoir pas bien compris, la relut encore. Ruinée! elle était ruinée! elle ne voyait que ce mot.

Alors elle déchira la lettre avec rage, en poussant des cris, comme si sa raison avait sombré. Puis, elle eut une crise de nerfs effrayante.

Grâce à la bienveillance du médecin, la mort violente de M. de Grandval ne fut pas connue, on le crut enlevé par une apoplexie foudroyante. Grâce aussi à la potion calmante qui fut donnée à Sarah, elle fut en état de recevoir M. Bérard, qui arriva dans la soirée.

Sarah, la jeune fille orgueilleuse, était brisée, anéantie. La riche héritière n'était plus qu'une victime de la destinée, obligée désormais à gagner le pain qu'elle mangerait. Cette pensée obsédante était trop lourde pour elle, et c'est sous ce poids qu'elle faiblissait.

En la voyant en cet état, M. Bérard se méprit sur les sentiments qui l'agitaient, et lui prodigua ses consolations. Elle le laissa parler, puis lança avec une explosion de colère cette phrase qui peignait si bien l'état de son âme : « Mais je suis ruinée ! Vous ne le savez donc pas ? »

M. Bérard regarda avec stupéfaction ce monstre d'ingratitude ; il balbutia des paroles imposées par la politesse, et se retira pour prendre quelque repos, la journée du lendemain devant être très laborieuse.

Devant le cadavre du malheureux qui fut un excellent ami pour lui, il se promit de faire tous ses efforts pour sauver quelques bribes de cette fortune si légèrement compromise. Peut-être aussi obtiendrait-il de M. Paterboon une réduction de la dette du malheureux, dette soi-disant sacrée, mais plutôt dette inhumaine, dette assassine ! Elle avait encore une fois fait un cadavre, des orphelines, auxquelles elle ne laisserait ni asile, ni pain.

Et il pleurait, l'ami sincère, en pensant tout cela.

Le chargé d'affaires du major lui apprit le départ de son client, nullement disposé à la moindre concession, disposé plutôt à agir avec rigueur; tels étaient les ordres qu'il avait donnés.

Il fallait donc abandonner cet espoir.

Les murs ont des orèillles, on l'a dit.

La conversation entre M. Bérard et le chargé d'affaires de M. Paterboon avait été entendue en partie; de la cuisine à l'office, de l'office à l'écurie, la nouvelle de la ruine du défunt fut colportée, et de là au dehors, avec la promptitude d'une traînée de poudre. Ce fut immédiatement une pluie de factures, et, sur les nombreux amis que le luxe et les fêtes attiraient à l'hôtel de M. de Grandval, quelques-uns seulement assistèrent à ses obsèques; plusieurs cartes pour Sarah, avec quelques mots de condoléances, ce fut tout.

Les scellés avaient été apposés. M. Bérard avait fait préparer une malle contenant le linge de corps de Sarah et divers effets d'habillement.

— Ma chère enfant, lui dit-il, il nous faut partir, moi, pour retourner à mon étude; vous, pour attendre chez M<sup>me</sup> Duval, que vos affaires soient terminées. Quelle blessure pour l'orgueil de Sarah d'être contrainte à se mettre à la merci d'une femme pour laquelle elle avait presque de l'aversion! Que de sermons il lui faudrait entendre et que cette soi-disant amie allait être heureuse de pouvoir l'humilier.

# VIII.

## M^me DUVAL.

Les choses de la vie ne s'arrangent pas toujours aussi facilement que l'on désire, l'imprévu vient souvent dérouter les combinaisons les plus simples.

Lorsque Sarah se présenta chez M^me Duval, elle ne trouva que le vieux Pierre; M^me Duval était partie depuis deux mois dans le midi avec Eva, dont la santé donnait des inquiétudes. Reviendrait-elle bientôt? On n'avait reçu aucune communication à cet égard.

Et le vieux Pierre qui, au premier moment, n'avait pas reconnu Sarah sous son épais voile de crêpe, s'écria:

« Miséricorde ! c'est mademoiselle Sarah !... Alors, c'est donc vrai, ce que l'on dit : M. de Grandval est mort ? »

Sarah fit un signe de tête ; elle eût désiré briser là l'entretien, mais ce n'était pas possible.

— Quelle perte pour vous, mademoiselle ! continua Pierre, car vous ne trouverez jamais personne pour vous aimer comme lui. C'était un excellent homme, et s'il a fait quelquefois de la peine aux autres, c'est qu'il avait été influencé, car il n'avait pas l'énergie de la résistance, le cher monsieur ; un enfant l'aurait fait marcher par le bout du nez.... Ce n'est pas parce que j'ai été congédié que je dirai jamais autrement ! D'ailleurs, s'il n'y avait eu que lui, je serais resté au château.

Il est juste de dire que je suis heureux chez cette bonne M^{me} Duval, comme le poisson dans l'eau. Elle me rappelle ma chère maîtresse, votre mère ; comme elle, elle possède toutes les qualités. Nous en parlons souvent de votre pauvre maman, et cela nous soulage, car nous ne l'avons pas oubliée. Vous verrez cela au cimetière. Tous les jours, tous les jours, je vais passer une heure avec elle. Toutes les plus belles fleurs que je peux me procurer, c'est pour elle ; en hiver, nous lui portons de la verdure, des fleurs de Nice que M^{me} Duval va acheter à Rouen. Vous verrez comme c'est beau !

Et vous voilà orpheline tout à fait ! Il est vrai, à part la souffrance du cœur, qu'à votre âge les conséquences ne sont pas à redouter autant que pour un jeune enfant. C'est vingt-quatre ans que vous avez, il me semble ?

Sarah fit encore un signe de tête.

— Comment se fait-il que vous ne soyez pas encore mariée ? C'est l'âge pourtant, c'est même un peu tard.... Après tout, vous étiez si heureuse ! Vous aurez beau faire, vous ne parviendrez pas à faire marcher personne comme votre père, pas même un mari....

Mais je bavarde, je bavarde, il serait plus simple de vous faire entrer au salon pour vous reposer et causer plus à l'aise. Je suis toujours un rustre, je ne changerai pas, je suis trop vieux..., excusez-moi, mademoiselle Sarah.... Ce ne sera peut-être pas facile pour vous d'être indulgente pour le vieux Pierre.

Une voiture, s'arrêtant à la porte, fit taire le vieillard, il s'avança pour recevoir cette visite et annoncer que M^me Duval était absente.

— Oh ! s'écria-t-il en voyant descendre une dame et une jeune fille, mais c'est ma bonne maîtresse ! Et Céline qui n'est pas là !

— Qui est-ce qui vous a dit ça, vieux Pierre ? fit une voix joyeuse. Mais oui je suis là, en chair et en os encore.

— En os surtout, ma fille! dit le vieux Pierre. A la bonne heure, elle a pris bonne mine la belle Eva! Oh! madame, ma bonne et chère madame, vous allez en apprendre une nouvelle!

— Vous me conterez cela tantôt, mon bon Pierre, prenez ma valise plutôt et aidez le cocher à décharger nos malles.... Non, appelez plutôt cet homme, on lui donnera quelques sous, vous pourriez vous faire mal. Mais dites-moi donc quelle est cette dame que j'aperçois chez vous?

— C'est.... c'est..., je vous en laisse la surprise.... désagréable! Ne vous tourmentez pas pour vos bagages, je vais les faire monter.

— Bien, Pierre, et voilà pour payer le cocher et celui qui va l'aider.

M^{me} Duval donna plusieurs pièces d'argent à Pierre et s'empressa d'entrer dans l'appartement du brave homme où Sarah, très émue, en proie à une révolte de son orgueil blessé, attendait. Eva suivait sa vieille amie et lui disait : « Elle ressemble à ma grande sœur, cette dame, ne trouvez-vous pas, bonne amie? »

Elle, sans répondre à la jeune fille, eut une exclamation: « Sarah! » Tendant ses deux mains à la visiteuse et l'attirant à elle, elle l'embrassa. Cet élan passé, elle joignit ses mains en disant :

— Je crains d'apprendre la vérité !... Ces vêtements de deuil, cette arrivée inattendue.... Votre père...?

— Est mort, répondit Sarah, rassurée par cet accueil affectueux. Vous n'avez donc pas reçu la lettre qu'il vous a écrite à son heure dernière?

— Non, et cela s'explique : Voici deux mois que je suis absente, n'ayant pas de famille, pas de correspondance suivie avec personne, je n'avais pas jugé utile de prendre de dispositions à cet égard. Pierre a dû mettre soigneusement de côté tout ce qui sera venu en mon absence, je vais appeler Céline.

Elle sonna, la domestique parut.

— Dites à Pierre qu'il vous remette les lettres qu'il a reçues pour moi, dit-elle.

— Approche, ma chère Eva, je ne pensais plus à toi tant je suis bouleversée.

L'enfant, qui se tenait à l'écart et qui n'avait pas entendu les paroles échangées, s'avança.

C'était la plus jolie fillette que l'on puisse voir, avec sa magnifique chevelure blonde tombant en une énorme tresse jusqu'à ses jarrets, et ses grands yeux bleus, au regard profond. Mais à ce teint décoloré, à la langueur répandue dans toute sa personne on devinait une santé compromise.

— Embrasse donc ta sœur, mon enfant, dit M<sup>me</sup> Duval en poussant la fillette dans les bras de Sarah. Tu es une vaillante, mignonne, et tu as seize ans, tu es une grande fille, je ne te cacherai pas le nouveau malheur qui te frappe... : tu n'as plus que ta sœur au monde....

Eva se jeta au cou de sa vieille amie et pleura silencieu-sement.

— Je suis là, moi, lui dit M^{me} Duval en versant des larmes, je te consolerai, je t'aimerai pour tous ceux qui t'auraient chérie s'ils avaient su voir dans ton âme. Puis, voici que ta sœur va vouloir, elle aussi, t'entourer de tendresse et sécher tes larmes. Dis-lui que tu ne saurais vivre sans affection, que tu veux la sienne. Son cœur ne pourra rester fermé à cet appel.

Les yeux de Sarah étaient secs, elle regarda presque avec dédain la jolie enfant qui venait de nouveau à elle.

Cette vieille femme est toujours la même, pensait-elle; des grands mots, des grandes phrases, voilà son fort.... Cette petite serait jolie, vraiment, si elle était moins pâle, elle manque de fraîcheur. C'est une rêveuse, une sentimentale, une poseuse enfin! Seize ans! et moi vingt-quatre.... Elle, la jeune de Grandval; moi, la sœur aînée....

Le regard de Sarah était devenu si dur à cette pensée qu'elle était « sœur aînée », ce mot sonnait le glas de sa jeunesse et

Il put pénétrer dans cet appartement....

soulevait toutes les tempêtes de son âme mauvaise. Eva n'osa pas se jeter sur le cœur dans lequel elle eût été si heureuse d'occuper une place, elle resta là, debout, regardant sa sœur de ses yeux pénétrants.

M^me Duval était absorbée dans la lecture de la lettre de M. de Grandval.

— Tu n'es plus une enfant, dit Sarah en faisant asseoir Eva auprès d'elle, afin d'échapper à ce regard qui la gênait; non, tu n'es plus une enfant, il serait donc du dernier ridicule de ma part de t'accabler de caresses et de protestations d'amitié, ce qui serait le vrai moyen d'exciter ta sensibilité nerveuse. Il faut avoir la force d'entendre tout, et il s'agit de le vouloir pour le pouvoir. J'ai à te dire une chose désastreuse; si tu l'entends sans émotion, je reviendrai un peu sur la mauvaise idée que j'ai de ton caractère. Nous sommes ruinées!...

— Ce n'est que cela! exclama Eva. Ah! tu m'as fait une peur!...

— Mais, malheureuse, tu ne comprends donc pas la signification de ce mot? Tu n'en devines pas les conséquences? Il nous faudra travailler.

— Eh bien! répondit tranquillement Eva, nous travaillerons. Oh! s'il n'y avait que cela, si ce pauvre papa n'était pas mort! Le voilà le grand, le vrai, l'irréparable malheur....

Quelle cervelle étroite! pensa Sarah. Cette vieille dame a vraiment façonné cette petite à son image! Je l'avais prévu, Eva est une petite bourgeoise, pas plus.

— Parle-moi de lui, reprit Eva après un instant de pénible silence; je ne le voyais que bien rarement, mais cela ne m'empêchait pas de l'aimer de tout mon cœur. A-t-il été longtemps malade, le pauvre père? A-t-il beaucoup souffert? Quelle est la maladie qui nous l'a ravi? A-t-il parlé de moi?

— Longtemps malade? Beaucoup souffert? répéta Sarah. Non, non.... Quant à sa maladie.... Autant te le dire tout de suite, il....

M^me Duval, qui avait fini depuis un instant la lecture de sa lettre et réfléchissait sur ce qu'elle répondrait aux questions qu'Eva ne manquerait pas de lui adresser, entendit la réponse de Sarah; elle ne lui donna pas le temps d'achever : du bout de son pied, elle renversa un petit meuble qui se trouvait près d'elle, plusieurs petits bibelots qu'il supportait se trouvèrent lancés au loin, fort maltraités de cette chute.

Les deux jeunes filles poussèrent une exclamation, Eva se précipita vers les objets pour les ramasser. Pendant ce temps, M^me Duval s'approcha de Sarah et lui dit à voix basse : « Je vous défends d'en dire davantage, vous la tueriez, malheureuse! Laisse tout cela, mignonne, dit-elle à Eva, la bonne s'en arrangera. Viens, j'ai à vous parler à toutes deux. Votre père, mes enfants, à son heure dernière, s'est souvenu de moi, sa vieille amie, la compagne d'enfance de son épouse, votre regrettée mère, et il me lègue ce qu'il avait de plus cher au monde. « Je vous donne Eva, dit-il dans cette lettre, c'était le vœu de ma pauvre Noémi ». Plus loin il exprime ses inquiétudes sur votre sort, Sarah, et me prie de ne pas vous abandonner. J'en fais le serment, la volonté de votre père sera faite. Je ne parle pas d'Eva, il y a longtemps que je la crois à moi. Parlons donc de vous, Sarah. Dans toutes les circonstances difficiles de la vie de travail qui va être la vôtre, je serai toujours prête à vous venir en aide, à vous protéger, à vous conseiller. En attendant, considérez-vous ici comme chez vous, lorsque la succession de votre regretté père sera liquidée, nous songerons à chercher une situation en rapport avec vos aptitudes.

— Il nous reviendra sans doute quelque chose, dit Sarah.

— N'y comptez pas, ce sera plus sage, répondit M$^{me}$ Duval. Et quand bien même il vous reviendrait quelques milliers de francs, cela ne serait pas suffisant, il vous faudrait travailler quand même ; donc, ne comptez que sur cela.

— Travailler ! il me faudra travailler ! fit Sarah exaspérée à cette pensée. Et que voulez-vous donc que je fasse ?

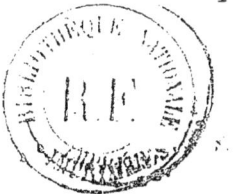

7

— Comment? répondit M^me Duval, mais vous avez des talents, une instruction de premier ordre, vous vous en servirez.

— Quel abaissement! dit Sarah les dents serrées de colère, et quelle souffrance sera la mienne!...

— Le travail n'abaisse pas, Sarah! répondit sévèrement M^me Duval, il élève au contraire, car il est noble, car il est grand! Le travail pliera votre orgueil, cet orgueil qui vous rend si malheureuse, qui ferme votre cœur à tous les bons sentiments et éloigne de vous tous ceux dont l'affection ou la sympathie vous aiderait à supporter la destinée. Avant que d'arriver à ce résultat, vous souffrirez; à cela je dis : tant mieux, car la souffrance épure l'âme.

— Bonne amie, je t'en supplie, dit Eva en joignant ses mains blanches et fines, accorde-moi ce que je vais te demander.

— Je ne m'engage jamais sans savoir, ma chérie, parle, répondit la bonne dame, tu sais bien que je suis toujours heureuse de te faire plaisir.

— Sarah va beaucoup, beaucoup souffrir d'être obligée de travailler! Garde-la près de toi et laisse-moi prendre sa place dans la vie. Je me sens disposée à être ce que le sort voudra; peu m'importe, pourvu que Sarah soit heureuse.

— Chère enfant, dit M^me Duval en attirant Eva sur sa poitrine, tu as bien raison de vouloir travailler, et c'est ce que tu fais, sans t'en douter.

— Comment cela, bonne amie?

— N'es-tu pas ma demoiselle de compagnie? et ma lectrice par dessus le marché? Est-ce que je pourrais me passer de toi? Je ne puis donc t'accorder ce que tu me demandes, n'étant pas mécontente de tes services, je ne puis te mettre à la porte! Ne te chagrine pas pour Sarah, je te promets de faire tout pour qu'elle soit heureuse.

— Je ne puis l'être, gémit Sarah.

— Je vous dis que oui, moi! fit M^me Duval, j'y travaillerai et vous m'aiderez; nous vous y aiderons. Vous voyez quels trésors d'affection il y a dans ce cœur, ajouta-t-elle en montrant Eva, n'y soyez pas insensible, c'est si bon d'aimer!

— Et d'être aimée! dit Eva, en s'emparant des mains de sa sœur et en les couvrant de baisers.

Sous ces caresses respectueuses, qui semblaient lui accorder une autorité, Sarah sentit en elle une émotion inconnue, son regard devint plus doux.

Quel joli groupe elles faisaient ces deux jeunes filles. L'une brune, au teint chaud, aux yeux noirs, symbolisant la force et la vigueur; l'autre blonde, blanche comme un lys, dont les yeux bleus semblaient réfléter un coin du ciel, semblait un ange égaré un instant sur la terre qu'il quitterait bientôt pour l'infini.

« Si belles toutes les deux! pensait M<sup>me</sup> Duval en contemplation devant elles, et si différentes de cœur! »

Après avoir longuement regardé sa sœur, Sarah se pencha vers elle et lui mit un baiser au front.

## IX.

### LA LUTTE POUR LA VIE.

Malgré toute la diligence que mit M. Bérard pour liquider la succession de M. de Grandval, trois mois se passèrent. Pendant ce temps, M^me Duval, installée avec ses deux filles, comme elle appelait Sarah et Eva, dans un charmant petit châlet qu'elle avait loué pour l'hiver à Bandol, délicieux coin au bord de la Méditerranée, non loin de Toulon, essuyait par ses paroles affectueuses, ses bons conseils, de faire naître dans le cœur de Sarah les qualités nécessaires pour triompher dans la terrible lutte pour la vie. Elle était désolée, la bonne créature, de l'inanité de ses efforts. Elle avait compté que l'affection qu'Eva prodiguait à sa sœur, éveillerait chez cette dernière les sentiments d'amitié qui auraient été le lien dont elle se serait servie pour arriver à un résultat heureux. Un moment, elle avait espéré. Mais Sarah, que la gentillesse de sa sœur attirait parfois, combattait avec énergie ce qu'elle appelait une faiblesse, de façon que la pauvre Eva ne pouvait arriver à se faire une place dans ce cœur resté obstinément fermé, et que l'amie dévouée se désespérait.

« Ce que je n'ai pu obtenir, ce que je n'obtiendrais jamais, finit-elle par se dire, la lutte terrible que cette jeune fille aura à soutenir contre les difficultés de l'existence en viendra à bout. »

De ce jour, sa détermination était prise.

Cette vie simple, retirée, qu'elles menaient à Bandol, que le grand deuil des jeunes filles et la santé d'Eva exigeaient, pesait à Sarah; elle s'ennuyait mortellement et était plus insupportable que jamais.

— Mes enfants, dit un jour M^{me} Duval, je viens de recevoir une lettre de M. Bérard; vos affaires sont terminées. Hélas! ce que je prévoyais est une certitude aujourd'hui : il ne vous reste absolument rien.

— Rien ! fit Sarah. Assurément une bonne partie de la succession est restée dans la poche du notaire et de ses acolytes.

— Vous regretterez ces méchantes paroles, Sarah, lorsque vous saurez que le digne homme n'a pas voulu compter ses honoraires, et qu'il a pris à sa charge tous les frais. Il a voulu que la mémoire de votre père, son ami, restât intacte, et il a fait honneur à ses engagements. C'était une rude tâche, mais le dévouement ne vient-il pas à bout des choses les plus difficiles! Ah! M. Paterboon, ce soi-disant major hollandais, a été bien impitoyable! Vous ne répéteriez pas maintenant ce que vous disiez tout-à-l'heure, n'est-ce pas?

Sarah garda le silence.

— Dans quelques jours nous partirons pour Duclair, continua M^{me} Duval, sans insister sur sa question. Je vous accompagnerai chez ce digne ami auquel vous devez témoigner votre reconnaissance pour le désintéressement dont il a fait preuve.

— Je n'en ferai rien, répondit Sarah, car il nous devait bien cela, il nous a assez volés autrefois!... Et puisque vous voulez bien me faire connaître votre intention de retour prochain à Duclair, je vous avertis, chère madame, que je ne serai pas du voyage.

— Que dites-vous donc là, Sarah? Et où irez-vous?

— J'irai n'importe où plutôt que dans le pays où j'avais ma place parmi les plus riches, les plus heureuses. Plutôt mourir que d'avoir à subir les regards railleurs, les paroles de commisération de celles qui ne peuvent me pardonner de les avoir effacées par ma beauté et mon esprit !...

— Mais non par votre modestie..., ne put s'empêcher de dire M^me Duval.

— La modestie est le partage de ceux qui n'ont pas autre chose de remarquable, chère madame, répliqua Sarah, des sots, pour dire le mot....

— Que mes chères amies seraient donc heureuses de m'humilier !... Non, je ne vous suivrai pas à Duclair.

— Je vous y aurais trouvé aisément une situation, et vous auriez été près de moi..., mais, puisque telle n'est pas votre volonté, n'en parlons plus.... Avez-vous une idée arrêtée sur ce que vous voulez faire ? Pour débuter, vous avez besoin qu'on vous aide, et je suis tout à votre disposition. Après, si mes conseils, ma quasi-protection vous sont à charge, vous secouerez le joug, je ne vous en garderai pas rancune, je n'en aurai que du chagrin, ce qui est bien peu de chose....

— Un travail quel qu'il soit me déplaira toujours, dit Sarah, et je ne saurais guère comment m'y prendre pour en trouver. J'accepte donc votre offre, chère madame, faites à votre gré.

— C'est bien, fit M^me Duval. Il me vient une idée, dit-elle après quelques instants de réflexion. Nous partirons demain pour Clermont où j'ai des amis qui seront très heureux de me revoir. Ils ont plusieurs enfants, les plus jeunes sont instruits chez eux par une institutrice; il y aura peut-être quelque chose à faire près d'eux.

Deux jours après, M<sup>me</sup> Duval était installée avec ses deux pupilles au château de M. et M<sup>me</sup> Verneuil, ses amis.

Bien que fort riches, M. et M<sup>me</sup> Verneuil vivaient retirés dans leur superbe domaine. Leur genre de vie était relativement simple. Ils n'avaient pour les servir que trois servantes, un jardinier et un domestique, pour soigner l'unique cheval, cirer les appartements, aider le jardinier au besoin. Les deux fils aînés étaient à Paris, dans un lycée; les quatre autres enfants, deux garçons et deux filles jumelles, étaient confiés à une institutrice habitant au château. Cette situation, difficile par elle-même, était extrêmement délicate : M. Verneuil exigeait une grande sévérité, beaucoup de travail et de prompts résultats. M<sup>me</sup> Verneuil voulait beaucoup de douceur et d'indulgence pour ses enfants, craignait le surmenage et trouvait toujours qu'on les poussait trop, se souciant plus de leur santé que de leur science. De façon que, si on faisait d'après les idées de l'un, on était sûr de déplaire à l'autre. Aussi changeaient-ils souvent d'institutrice. Ajoutons à cela que ces enfants étaient paresseux, malicieux, d'une intelligence fort ordinaire.

Depuis une semaine que leur institutrice était partie, on n'avait pu trouver à la remplacer; aussi lorsque M^{me} Duval eut raconté en quelques mots le malheur qui avait frappé sa protégée et la nécessité où elle se trouvait de se faire une situation, M. et M^{me} Verneuil lui offrirent-ils, d'un commun accord, de l'admettre pour leurs enfants.

Le but de M^{me} Duval, en venant à Clermont, était atteint.

Sarah accepta, résignée en apparence.

Après avoir reçu de ses amis l'assurance qu'ils auraient pour Sarah l'indulgence que réclamait son inexpérience et les égards dûs à son malheur, M^{me} Duval quitta Clermont.

Cette séparation fut douloureuse pour Eva, les airs hautains de sa sœur, son indifférence, sa froideur, n'avaient pu empêcher son affection de s'accroître chaque jour; elle avait des excuses pour tout; elle la trouvait bien malheureuse, et aurait donné volontiers sa vie si cela eût été nécessaire à son bonheur. Elle l'aimait enfin.

— Allons, ma chère enfant, avait dit M^{me} Duval en quittant Sarah, du courage! Surtout n'oubliez pas, si vous voulez conserver votre place dans cette digne famille, qu'il vous faudra déployer tout le tact dont vous êtes douée et acquérir la souplesse de caractère qui vous manque, j'entends cette souplesse de caractère qui n'exclut pas la dignité, mais une dignité bien comprise qu'il ne faut pas confondre avec l'orgueil. N'oubliez pas que ma maison vous sera toujours ouverte. Là s'étaient bornés ses conseils.

L'installation de la « belle demoiselle » au château, fut un véritable événement pour le personnel. Sa beauté, sa distinction, son nom furent pour eux autant de motifs d'hostilité.

— Vraiment, dit Ernestine, la cuisinière, on dirait une princesse ! Elle a une façon de vous toiser à vous faire entrer à cent pieds sous terre.... Notre pauvre maîtresse va paraître encore plus vulgaire près de ce point de comparaison....

— Mon avis est qu'elle ne fera pas long feu ici ! dit Augustine, l'aide de cuisine.

— Moi, dit Elise, la femme de chambre, petite blonde coquette et fort gentille, je ne lui pardonnerai jamais la façon insolente avec laquelle elle m'a dévisagée. Je suis autant qu'elle ici et vous aussi ; toute grande demoiselle noble qu'elle est, cette mijaurée, elle ne fait pas moins partie du personnel du château, elle est au service des Verneuil, tout comme nous ; il n'y a pas de quoi faire tant sa fière !

— C'est vrai, approuva la grosse Ernestine, auvergnate d'une laideur incontestable.

— Qu'elle me parle poliment, je le lui conseille ! fit Elise.

— Vous êtes des mauvaises langues ! dit Antoine, le jardinier, qui savourait une tasse de café, premier tiré, que la cuisinière venait de lui verser. Vous la laisserez en repos, cette
jeunesse, ou vous aurez affaire à moi. Je la prends sous ma
protection, vous entendez bien ?

— Sous votre haute protection ? fit Augustine, nigaud, va !

— De quoi se mêle-t-il ce paroissien-là ! dit Elise, rouge de
dépit. Allez donc ramer vos choux !... D'ailleurs, j'entends
madame, et je doute qu'elle trouve de son goût l'occupation à
laquelle vous vous livrez en ce moment....

— Vous reviendrez me demander du café ! dit la cuisinière
en le menaçant du doigt. Allons, allons, filons plus vivement
que ça ! Avez-vous jamais vu ce manant ? Tu en auras des bons
morceaux maintenant, va !

— Nous en voilà débarrassées, dit Elise en riant. J'ai dit
exprès que madame venait, pour le faire partir. Ah ! le gour-
mand ! il n'a pas laissé une goutte de café dans sa tasse !
S'est-il dépêché d'avaler, hein ! il a dû se brûler la langue,
bien sûr !

— Tant mieux ! exclamèrent les deux autres.

— J'ai une idée, dit Augustine, et une bonne : si nous
faisions enrager la princesse. Qu'en dites-vous ?

— Tu as là une fière idée, ma fille, dit la grosse auvergnate.

— Une idée de fille d'esprit, ajouta Elise. Je dois vous dire que j'étais en train de faire la même réflexion; les bons esprits se rencontrent. Oui, nous allons lui en faire voir de toutes les couleurs, tant qu'il faudra qu'elle décampe. Ce ne sera pas facile pour vous deux de lui faire des tours, ce n'est pas une pareille demoiselle qui daignera jamais mettre les pieds dans la cuisine et dans l'office. Tandis que pour moi, qui suis constamment occupée dans les appartements, cela ira tout seul. Ah! nous allons rire! Nous serions vraiment sottes de laisser échapper cette occasion d'avoir un peu d'agrément, on n'en a pas trop dans cette maison, avec nos maîtres qui vivent comme des loups.

— Yvonne et Noëlla t'aiment bien, dit Augustine, tu en fais ce que tu veux, fais-leur la leçon pour leur nouvelle institutrice.

— J'y pensais, dit Elise. Je vous assure, mes très chères, que ce n'est pas celle-ci qui leur apprendra à lire. En attendant, la princesse va payer sa bienvenue, elle ne dormira pas cette nuit, je vous l'affirme.

— Qu'est-ce que tu vas faire pour cela? demanda Ernestine. Pas de bruit, tu sais, monsieur te mettrait à la porte.

— Es-tu simple! fit Elise, tu ne connais donc pas le poil à gratter?

— Oh! la bonne farce! et que nous allons rire! s'écria l'Auvergnate. Oui, du poil à gratter dans ses draps!

Et toutes trois se mirent à rire à gorge déployée. L'arrivée de M^{me} Verneuil coupa court la gaieté de ces méchantes créatures.

C'est ainsi que débuta Sarah, dont la vie de chaque jour fut insupportable, car les domestiques n'avaient pas désarmé; c'était la guerre, de plus en plus acharnée.

Le genre de vie de Sarah, si nouveau pour elle, la trouva courageuse d'abord, si toutefois on peut appeler courage une complète indifférence pour toutes choses. Les tracasseries, les mauvais tours se succédaient, elle n'obtenait rien de ses élèves indomptables et paresseux, que lui importait! Il fallait travailler, fournir la somme d'occupation exigée en échange d'un salaire, elle la fournissait. Quant aux domestiques, elle méprisait trop tout ce qui venait d'eux pour s'arrêter à leurs taquineries.

Toujours hautaine et froide, elle n'avait su gagner aucune sympathie. L'hiver passé dans cette maison acheva de la rendre morose, elle quittait ses élèves à tout propos et allait se réfugier dans un coin sombre du parc; le regard perdu au loin, elle rêvait. Rêveries vagues, indéfinies, dont elle sortait plus triste encore.

Elle ne répondait plus aux lettres que M^me Duval lui écrivait sans se lasser; en femme qui connaît le cœur humain, elle devinait les tristesses de Sarah, et elle ne voulait pas l'abandonner. Elle l'encourageait par de bonnes paroles, lui donnait quelques conseils pour éviter les écueils, lui faisait entrevoir d'heureux jours pour l'avenir, car il faut toujours au cœur une espérance.

Lorsque Sarah cessa de répondre à ses lettres, l'amie dévouée s'avoua que la tâche était rude et que Sarah ne lui reviendrait que lorsqu'elle aurait souffert toutes les souffrances, pleuré toutes les larmes, essuyé tous les affronts, connu l'égoïsme des uns et la trahison des autres.

Le printemps était revenu avec toutes ses splendeurs, il y avait près d'un an que Sarah était dans la famille Verneuil, où elle était aussi étrangère qu'aux premiers jours. Les servantes s'étaient lassées de la tourmenter, les enfants étaient plus dociles, mais de plus en plus ennuyés de la présence de leur maîtresse. Ce calme sembla plus monotone à Sarah que les tracasseries passées qui animaient un peu les longues heures de la journée; aussi recommença-t-elle plus que jamais à aller sous la charmille.

— M^lle de Grandval n'est pas du tout la personne qu'il nous faut, dit un jour M. de Verneuil à sa femme. Je comprends bien que cela soit fort ennuyeux pour elle de s'occuper de l'instruction d'aussi jeunes enfants que les nôtres, mais je dois avant tout songer à leurs progrès, et tu peux voir que je ne cherche pas à exagérer en disant qu'ils ne savent absolument rien.

— La santé avant tout, mon cher, répondit Mᵐᵉ Verneuil, il n'y a pas de temps perdu, ils sont si jeunes !

— C'est cela, je m'y attendais ! Je t'avoue que si je n'avais pas craint de faire de la peine à ton amie, Mᵐᵉ Duval, pour laquelle j'ai une grande estime, il y a longtemps que j'aurais congédié sa protégée, car j'ai vu de suite qu'elle ne ferait pas notre affaire.

— Veux-tu que je lui fasse quelques observations ?

— J'ai grand peur que cela soit inutile. Enfin, comme je vois que tu tiens à cette demoiselle, j'attendrai encore quelque temps pour prendre une décision. Je me demande ce qui peut t'attacher à cette personne qui n'a rien pour le mériter. Elle est fort jolie, mais nous n'avons nul besoin d'une beauté pour instruire nos enfants. C'est tout ce qu'elle a, et ce n'est pas suffisant.

— Tu sais bien, mon ami, que je déteste le changement, c'est ma seule raison. Il ne faut pas oublier que Mˡˡᵉ de Grandval a des capacités hors ligne que nous pourrons utiliser;

les enfants pourront poursuivre leurs études sans que nous soyons obligés de nous en séparer.

— Ce qui serait un grand tort. Je ne doute nullement des capacités de M{^{lle}} de Grandval, ma chère amie; ce dont je doute, c'est de sa bonne volonté. Cette jeune fille est une paresseuse ou une romanesque. Tu ne vois donc rien! Je te laisse, fais-la demander. Dis à Elise qu'elle la trouvera sous la charmille où elle est, à rêver pour la troisième fois de la journée.

— Ça va chauffer! dit Elise à Ernestine. Monsieur a parlé à madame, j'ai tout entendu; je crois que la belle princesse ne tardera pas à nous débarrasser le plancher! On me sonne, je sais pourquoi; je vais revenir te conter ça.

M{^{me}} Verneuil donna l'ordre à Elise d'aller dire à M{^{lle}} de Grandval qu'elle avait à lui parler et qu'elle l'attendait au salon.

Cette fille savait où trouver Sarah, elle se rendit à la charmille.

— Je suis désolée de déranger mademoiselle, dit-elle à la jeune fille, mais madame la demande au salon. J'ai quelque chose à dire à mademoiselle, mais je n'ose pas.... J'ai été bien peu aimable pour mademoiselle, elle m'en veut peut-être?

— Nullement, fit Sarah froidement. Et qu'avez-vous à me dire?

8

— C'est pour vous faire des reproches que madame vous demande; j'ai entendu sa conversation avec monsieur, tout à l'heure. Oh! mademoiselle, que nous vous plaignons d'être chez de si petites gens! Vous n'êtes vraiment pas à votre place ici, vous si belle, si savante, si accomplie! Nous en parlions à la cuisine tout à l'heure et nous sommes tous d'avis que vous ferez bien de ne pas vous laisser marcher sur le pied.... Voulez-vous que je vous dise, madame est jalouse de votre beauté, de votre distinction, je m'en suis bien aperçue.

— Merci de votre avertissement, dit Sarah en se levant de son banc, sans se presser.

Elise courut à la cuisine, Sarah se rendit au salon.

— Vous étiez difficile à trouver sans doute? lui dit froidement M<sup>me</sup> Verneuil, mécontente d'avoir attendu. Asseyez-vous, j'ai à vous parler.

— Vous savez que c'est à la recommandation de M<sup>me</sup> Duval, notre amie, que vous devez la situation que vous occupez chez moi. Nous avons eu pour vous tous les égards que l'humanité nous imposait, et nous vous avons laissé le temps de vous faire à un travail auquel vous n'étiez pas habituée. Il y a près d'un an que vous êtes avec nous, ce laps de temps est plus que suffisant pour se rendre compte des aptitudes et de la bonne volonté d'une personne. Vous vous occupez peu de vos élèves,

mademoiselle; et ce peu, vous l'accomplissez avec une insouciance coupable. Mes enfants n'ont absolument rien appris
avec vous; de plus, leur caractère se ressent d'une façon
inquiétante de vos airs hautains, de votre caractère maussade,
de votre froideur; ils ont un reflet de tout cela, et j'en suis
désolée.

— Croyez-moi, mademoiselle, efforcez-vous de prendre votre
rôle au sérieux. Une institutrice est un peu la mère des enfants
qui lui sont confiés.... Aimez un peu les miens et tout ira bien.
Je serais désolée, je vous assure, d'être obligée de me séparer
de vous.

— Il n'est pas possible à une étrangère d'aimer des enfants
insupportables comme les vôtres, madame! dit Sarah, rouge
de colère.

— C'est possible qu'ils soient insupportables, répondit
M^me Verneuil se contenant; en cela, vous êtes encore en
défaut : vous n'avez pas plus fait pour leur éducation que pour
leur instruction. Vous avez donc mauvaise grâce à vous en
plaindre. Commencez par prêcher d'exemple....

— Vous allez un peu loin, madame.

— Votre arrogance en est seule cause. C'est mon droit, c'est
mon devoir de vous faire des observations, à vous de ne pas les
mériter. Je vais écrire à votre bienfaitrice ce qui vient de se

passer entre nous ; vous pouvez être sûre que vous n'aurez pas son approbation.

— M^me Duval n'est pas ma bienfaitrice mais ma protectrice, madame, ne confondez pas.... Je vous dirai donc à ce propos que vous vous donnerez là une peine inutile, je suis majeure, libre de mes actes. Vous comprendrez aussi qu'après une semblable scène je ne puisse rester chez vous. Je partirai donc demain.

— Non, pas demain, s'écria M^me Verneuil exaspérée, mais de suite.

— Volontiers ! fit Sarah affectant un calme irritant, volontiers, le temps de faire mes malles.

— Ah ! mes enfants, dit Elise en entrant en coup de vent dans la cuisine, ça été plus vite que je ne croyais. Madame m'envoie l'aider à préparer ses bagages.... Elle s'en va, ça y est !

# X.

## QUELQUES PAGES DU CARNET DE SARAH.

### I.

« Depuis deux mois, je vis comme en un rêve, mais au moins je vis ! mon existence n'a plus la monotonie dont je mourais, au moral, du moins, chez les Verneuil.

« Ah ! si M^me Duval m'avait vu me présenter dans un bureau de placement, aussitôt arrivée à Paris, elle eût été stupéfaite, s'imaginant, la bonne dame, qu'il n'est pas possible de se tirer d'affaire sans elle !

« J'en suis à ma troisième place ; en deux mois, ce n'est pas

trop mal! Il est vrai que la vieille folle de marquise voulait
faire de moi son souffre-douleur; dès mon lever, il fallait que
je m'installe à lui faire la lecture, et c'est à peine si elle me
donnait le temps de manger. Pas une sortie, rien que la lecture du matin au soir; et comme intermèdes, des critiques sur
ma façon de lire, des scènes, des injures et des coups, si
j'avais voulu me laisser faire. Ensuite, comme demoiselle de
compagnie d'une hypocondriaque, je n'ai guère été mieux
partagée. La musique seule avait le pouvoir de calmer les
nerfs de la pauvre malade, il me fallait chanter et jouer du
piano une partie de la journée. Peut-être y serais-je restée,
car j'étais largement payée, et je n'avais qu'à me louer de la
famille Simenel. Mais on a trouvé, un matin, la jeune fille
morte dans sa chambre : elle s'était pendue. On n'avait plus
besoin de mes services.

« Depuis huit jours, je suis engagée comme demoiselle de
compagnie d'une vieille demoiselle anglaise, miss Simpson,
qui a son domicile à Londres. Nous sommes à l'hôtel, d'où
nous partirons demain pour nous mettre en route vers la
Belgique, de là en Hollande, en Danemark, en Suède, et
peut-être ailleurs. Cette perspective m'enchante, et à cette vie
mouvementée, je sens naître en moi une endurance à tout
supporter dont je ne me serais pas crue capable. C'est hier,

Vraiment, dit Ernestine, la cuisinière....

après dîner, que miss Simpson a décidé ce voyage, et nous partons demain. A la bonne heure, c'est ce qui s'appelle agir! Décidément, les Anglaises ont du bon; elles ne s'amusent pas à faire et défaire des projets, elles savent prendre de promptes décisions.

« Singulière personne tout de même que cette miss! Je la vois encore, lorsque je me suis présentée, son lorgnon sur le nez, me passer en inspection de la tête aux pieds, murmurant entre ses grandes dents jaunes, qui ressemblent aux touches d'un vieux piano.

« Je ne sais que quelques phrases d'anglais, mais j'ai bien compris celle-ci, et elle me donne une excellente idée de cette miss; en esthétique, nous pourrons nous entendre, je le vois. En quelques minutes, nos arrangements étaient pris, conclus. Jusqu'alors le fardeau de mes nouvelles fonctions ne m'a pas paru trop lourd.

« Ces quelques lignes que je jette à la hâte sur mon carnet, et celles que j'y inscrirai chaque fois que cela me sera possible, ne seront pas sans intérêt pour moi plus tard.

« Nous partons de très bonne heure, demain matin, je vais me mettre au lit. »

## II.

« Oh! cette Anglaise, elle est infatigable! J'avoue sans honte que je suis exténuée.

« Depuis dix jours nous n'avons pas eu un moment de repos. Nous avons visité Bruxelles, Malines, Anvers, Gand, où nous sommes depuis quelques heures; nous y passerons deux jours.

« Voyons, qu'ai-je à inscrire sur tout cela? Bruxelles m'a paru une fort belle ville; ses rues sont larges, propres, ses maisons sont superbes. Nous avons marché toute la journée, car ma miss ne prend que fort rarement une voiture, ses longues jambes maigres s'accommodant fort bien de la marche; j'ai peine à la suivre. Il s'est produit à l'hôtel un petit incident dont je ris encore. Nous venions de nous asseoir à la table d'hôte, lorsque miss Simpson, apercevant une assiette pleine de cerises, l'unique qui soit sur la table, s'en empara et mangea toutes les cerises. Cela fait, elle trouva qu'elle sentait un courant d'air à sa place; pour en changer, elle dérangea une demi-douzaine de personnes, sans leur adresser un mot d'excuse. Puis, au lieu d'attendre que le domestique découpe, selon l'usage flamand, elle se mit à goûter à tous les plats qui se trouvaient à sa portée. Les personnes du pays,

formant la majorité des convives, la regardaient de cet air
calme et tranquille qui leur est particulier, ils grondèrent
même le garçon de ce qu'il ne servait pas plus promptement
milady. Deux Français riaient sous cape, moi j'en fis autant.

« Mais nous n'étions pas au bout de nos surprises. Pour la
troisième fois, miss Simpson voulut changer de place, elle
fit déranger une jeune fille, s'empara de son siège. Dans sa
précipitation, elle perdit l'aplomb et s'accrocha à la nappe,
ce qui ne l'empêcha pas de tomber, en entraînant une partie
de ce qui était sur la table.

« Sauf les Français, personne ne se dérida, et j'ai admiré le
calme avec lequel les gens du Nord ont supporté tant d'imper-
tinence. Moi, j'ai ri comme je ne l'avais jamais fait.

« Enfin, on a tout réparé ; nous avons dîné tranquillement,
et nous sommes reparties à travers les rues de la ville, dont
les petits pavés carrés et bien mis rendent la marche facile
et un air de propreté coquette.

« Nous avons visité l'Hôtel-de-Ville, l'église Sainte-Gudule,
le jardin zoologique, qui possède une remarquable collection de gallinacés de toutes les parties du monde. Nous avons
vu la place Royale, celle du Marché, le boulevard Waterloo
et, ce qui m'a fait faire la grimace, mon Anglaise a voulu aller
jusqu'au champ de bataille. Elle a bien commencé à discourir

sur ce triste fait d'armes, mais je l'ai arrêtée court en lui rappelant que je suis Française. Elle m'a boudé pendant le reste de la journée.

« J'étais brisée en rentrant à l'hôtel, et je crois que mon Anglaise était lasse aussi, car elle se retira dans sa chambre aussitôt après le souper, et me congédia. Je me mis immédiatement au lit. A peine eus-je posé ma tête sur l'oreiller que je m'endormis. Je fus réveillée en sursaut par des cris, des courses folles à travers les escaliers. Je fus prise d'un tremblement nerveux qui paralysait mes mouvements; je voulais m'habiller pour me rendre compte des causes de ce tapage, mais je ne pouvais y arriver. Enfin, je me calmai. J'appris que cette alerte était due à un singe, arrivé dans la journée avec un voyageur. L'animal avait été mis à la cuisine, où il avait amusé les domestiques par son adresse et ses grimaces. Le chef lui avait mis une toque blanche, un tablier de même couleur, ce qui avait paru flatter l'animal qui s'était mis à imiter tout ce qu'il voyait faire. S'étant trouvé seul un moment, il lui vint à l'idée de recommencer ce qu'il avait vu faire au chef. Il s'installa au fourneau, y plaça les casseroles qu'il remplit de cendres, de graisse, de beurre, de viande et de tout ce qui lui tomba sous la patte. C'est dans cette occupation que le cuisinier chef le surprit. Il voulut le corri-

ger, mais le singe trouvant la chose mauvaise, lui sauta par-
dessus la tête en enlevant son bonnet, puis s'élançant dans
l'escalier, se mit à courir d'étage en étage. Une porte était
ouverte, il se précipita dans la chambre, au grand effroi de la
voyageuse, qui se mit à pousser des cris. Enfin on parvint
à s'emparer de l'animal et tout rentra dans le calme.

« Grâce au flegme qui caractérise la race anglaise, miss Simpson ne s'était pas émue de ce tapage, elle n'avait seulement
pas montré le bout de son nez.

« Après deux jours passés dans cette capitale, nous sommes
allées à Malines, le pays des dentelles, où nous avons séjourné
pendant vingt-quatre heures. Nous avons visité la cathédrale, qui est un des plus beaux édifices de la Belgique, on y
voit de superbes tombeaux et de beaux tableaux, dont un
est attribué à Van Dick.

« Malines a cela de particulier qu'elle n'avait jamais été
prise avant Louis XIV; depuis, elle a cédé à bien d'autres.

« De grand matin, nous avons pris le train pour Anvers.
Miss a voulu visiter d'abord la citadelle, ce qui m'a mise
d'assez méchante humeur; aussi ai-je lancé une boutade à
mon Anglaise, devenue loquace à cette vue, et que mon
silence taquinait. « Je ne vois absolument rien de remar-
« quable à cette citadelle, lui dis-je. Quant aux souve-

« nirs qu'elle rappelle, voici ma pensée : On a versé là
« quelques ruisseaux de sang lorsqu'on pouvait arriver au
« même résultat avec un peu de raison et un peu d'encre.
« Je n'aime pas les boucheries d'hommes, résultats de quelque
« ambition. Voilà. »

« Furieuse de ces paroles, miss Simpson m'a tourné le dos.
Quelques visiteurs avaient écouté notre conversation et étaient
de mon avis; elle enrageait. Cependant, elle prit son album
de dessin, qui ne la quittait pas, et se mit à dessiner. Quoi ?
Je ne sais, elle tournait le dos à la citadelle. Mais voilà qu'un
factionnaire, qui l'avait aperçue, lui cria brutalement de
cesser. C'était la consigne. Miss Simpson n'obéit qu'après
avoir réclamé longuement; peine inutile, car le factionnaire
ne parlait que flamand. Ce dialogue animé, entre deux personnes qui ne se comprenaient pas, était d'un comique achevé,
qui nous fit rire, au grand scandale de la miss, qui plia
bagages et me dit de son ton sec et impératif : « Venez! »

« Pour se venger, sans doute, elle me fit porter son album
et sa boîte de crayons, que j'eus soin de laisser tomber
plusieurs fois en route. Alors elle me les reprit en m'adres-
sant quelques paroles désagréables; ce ne sont pas les
premières dont elle me gratifie. Elle est décidément insupportable, cette Anglaise!

« Nous avons été ensuite visiter la cathédrale. En Belgique, les églises sont de véritables musées. On ne peut faire un pas dans cette cathédrale sans trouver un beau tableau, une superbe statue, un riche bas-relief. Ce qui est admirable dans cette église, c'est sa coupole. Nous sommes montées au sommet de sa tour, ascension assez fatigante, mais nous avons été payées de notre peine par le magnifique panorama qui s'est offert à nos regards.

« De là, nous sommes allées au musée, très riche en tableaux. Mon Anglaise a pris quelques croquis, ce qui m'a fourni l'occasion de me reposer. Le lendemain, nous avons parcouru les bassins, les entrepôts, le port, qui méritent tout le bien qu'on en dit. Nous avons traversé l'Escaut et vu Anvers de l'autre rive; c'est un tableau complet. La miss a encore ouvert son album et pris des croquis. Je sais manier le crayon, je puis donc me permettre de juger le travail que j'ai sous les yeux : ce sont de fameuses croûtes, les dessins de miss Simpson! Je ne lui ai pas dit ce que j'en pense, mais j'ai gardé le silence lorsqu'elle me les a fait voir. J'ai vu au regard mauvais qu'elle me lançait que je paierais cela.

« Le jardin botanique, où nous avons passé une heure, m'a paru superbe; nous y avons entendu une excellente musique. Je n'ai remarqué rien de curieux dans le jardin zoologique,

c'est peut-être la grande fatigue que j'éprouve à suivre cette
Anglaise au pieds plats, qui m'empêche de goûter le charme
de ces promenades. D'Anvers nous sommes allées à Gand.
Nous sommes d'abord montées au beffroi pour voir l'ensemble de la ville, Ce beffroi a son carillon, fort renommé
parmi les carillons flamands. Nous étions en contemplation
devant l'intéressant panorama, lorsque le carillon se mit à
commencer son infernal tapage. Nous n'avons pas demandé
notre reste! Nous avons dégringolé l'escalier, comme si nous
avions eu à nos trousses toute la bande du sabbat.

« Gand possède de belles églises, un jardin des plantes,
un jardin zoologique, un muséum, plusieurs bibliothèques.
Mon Anglaise ne m'a fait grâce de rien! J'en suis réduite à
désirer qu'elle se donne une entorse, afin de me reposer pendant quelques jours. Elle fait sa sieste, en ce moment, puisse-
t-elle se prolonger! Elle a l'humeur inégale, cette sèche
personne, et des exigences! Si cela continue, je passerai
bientôt femme de chambre! M^{me} Duval prétendait qu'il y
a toujours quelque chose à supporter des autres, je commence
à croire qu'elle avait raison. Demain, nous quitterons Gand,
cette reine des cités flamandes. Allons, voici miss Simpson
qui m'appelle! Reprenons notre collier d'esclavage. »

## III.

« Me voici dans ma chambre ! C'est le seul moment où je m'appartiens, et je le bénis !... Reprenons notre petite relation de voyage.

« Le vapeur dans lequel nous nous sommes embarquées pour Rotterdam, où nous sommes depuis quelques heures, était très beau, très confortable. Nous avons longé l'Escaut, aux rives plates et dénudées. De loin en loin on apercevait une habitation solitaire, peu de navires et pas d'oiseaux ; cette navigation m'a semblé monotone.

« La démarcation entre la Belgique et la Hollande consiste en trois maisons. De l'une partit un gros homme, la pipe à la bouche. Il monta à bord et visita les bagages des voyageurs. Cette visite se fait plus ou moins attentivement, suivant la figure des gens.

« Mon Anglaise, au lieu de se prêter de bonne grâce à cette formalité, se mit à récriminer et à faire de difficultés pour ouvrir ses malles. Alors le bonhomme, pour toute réponse, se mit à fouiller minutieusement, mettant tout sens dessus dessous. Non content de cette inspection, le gros homme héla sa femme, qui monta à bord et fouilla et palpa miss Simpson, dont les protestations bruyantes menaçaient de tourner au tragique, à la grande joie des assistants et de moi en particulier.

« Enfin, le bateau se remit en route et on nous servit le dîner. Miss Simpson recommença ses tours, mais un Français peu endurant la rappela brutalement à l'ordre.

« Les environs de Rotterdam s'annoncent bien. La ville, comme toutes celles de la Hollande, s'étend sur un terrain plat qu'arrosent la Meuse et le Botter.

« Nous sommes descendues à un confortable hôtel où nous occupions deux chambres au premier étage. Une migraine a retenu miss Simpson à la chambre pendant deux jours ; je l'ai bénie cette migraine, car elle m'a permis de me reposer un peu. Je suis cependant sortie pour aller chercher de la magnésie pour mon Anglaise. J'ai erré pendant plus d'une heure sans retrouver ma route, car je ne quittais un quai que pour en retrouver un autre, puis un autre non moins large, non moins beau que le premier ; tous ces canaux sont garnis de nombreux navires. J'ai remarqué que les rues sont vastes et très fréquentées par une foule agissante.

« Fatiguée de chercher, j'ai donné le nom de mon hôtel à un brave homme, qui m'a conduite jusqu'à ma porte. Je lui ai présenté une pièce de monnaie qu'il a refusée.

« Miss Simpson, furieuse d'avoir tant attendu son purgatif, m'a fait une scène épouvantable qui s'est terminée par une crise de nerfs. Tout l'hôtel était sur pied. Le docteur que l'on avait fait demander a prescrit une potion calmante ; j'ai compris, au sourire qu'il m'a adressé, ainsi qu'au maître d'hôtel, qu'il ne croyait pas à la crise ; moi non plus, et j'ai été flattée de ma perspicacité. Il y a gros à parier que je vais être de moins en moins dans les petits papiers de cette femme nerveuse ! Le soir même, à la stupéfaction de tout le monde, miss Simpson, en grand toilette, est descendue à table d'hôte. Je ne sais comment elle s'y est comportée, car elle avait donné ordre de me servir à une petite table du restaurant, ce dont j'ai été enchantée. Elle est ensuite allée au salon où elle ne m'a pas fait l'honneur de m'appeler. Je me suis retirée à ma chambre, et la maîtresse d'hôtel m'a fait prier, par sa caissière, qui parle français, de vouloir bien aller jouer quelques polkas pour faire plaisir aux voyageuses qui désiraient danser. J'ai fait rapidement un peu de toilette et je me suis rendue à l'invitation. Un jeune homme allemand, bon musicien, a pris ma place afin que je puisse danser, de façon que je me suis bien amusée. Pour faire enrager mon affreuse Anglaise, je me suis mise au piano et j'ai chanté un de mes plus beaux morceaux ; j'ai eu un succès très marqué ; la miss était capable d'en avoir la jaunisse.... Mais cela lui a donné des jambes plus féroces le lendemain, elle m'a fait marcher sans relâche à travers les rues de la ville, me faisant porter son sac, sa boîte à crayons, son parapluie.... Si je ne me trouvais en pays étranger, avec peu d'argent, car je n'ai pas encore vu la couleur de celui de la miss, je lui tirerais ma révérence. Quant à chercher une situation dans ce pays, jamais ! J'y mourrais d'ennui.

« Nous avons visité la Bourse, où le nombre d'affaires qui s'y traitent est immense, paraît-il, ce qui ne m'intéresse guère, pas plus que de savoir que toutes les nations y sont représentées. Nous avons passé devant la place du Marché, établie sur un pont. Décidément, en Hollande, rien n'est fait comme ailleurs, pas même les habitants !

« Sur la place du Marché est la statue d'Erasme, ce savant philosophe et bon écrivain, né en cette ville en 1467.

« La cathédrale Saint-Laurent, que nous avons ensuite visitée, renferme de fort beaux mausolées. Les murs de cette église ressemblent à un registre, car ils sont couverts de noms, de dates, d'armoiries. Une partie des beaux souvenirs de la Hollande sont ici rappelés.

« Le quai où se trouvait notre hôtel, se nomme Boompjes, quai aux arbres. C'est le plus beau du quartier, il est garni de grandes et belles maisons, les plus gros navires y viennent décharger leur cargaison. C'est aussi un lieu de promenade, ce qui m'a procuré l'avantage d'un peu de repos, car miss Simpson, dont la chambre donnait sur le quai, restait parfois à sa fenêtre; ce n'est pas une Française bien élevée qui ferait cela !

« Il existe à Rotterdam une grande obligeance à l'égard des étrangers, mais cela ne nous a pas empêchées d'avoir été parfois dans l'embarras, faute de comprendre la langue. Sauf quelques notabilités, personne ne sait le français dans ce pays.

« Les maisons sont tenues avec une propreté remarquable, les femmes sont soigneuses et aiment leur intérieur. J'ai remarqué aussi qu'il est peu de poitrines sans rubans, les uns jaune et noir, les autres rouge ou bleu avec un liseré blanc. Dans un jardin où nous nous sommes assises, les garçons qui servaient les rafraîchissements portaient presque tous une de ces décorations. Le seul moyen d'être remarqué, ici, comme bientôt dans mon pays, est de n'avoir pas de ruban. Il n'y a donc pas qu'en France où l'on soit possédé du goût effréné des décorations. »

## IV.

« Dieu ! que je suis lasse ! et que ce voyage sans fin commence à m'ennuyer.... Quelle compagne de voyage insupportable que cette Anglaise ! Malgré moi, ma pensée se porte sur M<sup>me</sup> Duval, si douce, d'une égalité d'humeur si agréable. Quelle différence entre ces deux femmes !... Je me reproche, vraiment, d'avoir secoué ce que j'appelais le joug. Mais pourquoi revenir à ces choses passées ?... Reprenons la suite de nos notes de voyage. A Rotterdam, nous avons pris le train pour Amsterdam. Entre ces deux villes, le pays est superbe et mérite sa réputation. Nous sommes descendues à l'hôtel Oude-Doclen, où il nous est arrivé une petite aventure qui a mis mon Anglaise en fureur.

« Malgré l'heure tardive de notre arrivée, dix heures du soir, miss Simpson commanda qu'on nous servît à souper dans notre chambre. Une demi-heure se passe, rien; nous sonnons, personne ne vient. Il fallut nous résigner à nous coucher sans souper, ce qui ne fut pas une petite pénitence pour cette miss. Quant à moi, il me restait dans mon sac quelques biscuits et du chocolat dont je me contentai. Il paraît que, dans ce pays, le cuisinier éteint ses fourneaux lorsque l'heure des repos est passée, et il ne les rallume plus. Les garçons de salle ne servent plus passé l'heure habituelle.

« Je fus réveillée la nuit par une sorte de chant, comme j'en avais entendu en Belgique, mais moins harmonieux; c'était la voix des crieurs de nuit annonçant l'heure et le temps. Enfin, on nous avertit au matin que le déjeuner était servi. Il sembla si excellent à mon Anglaise, qu'elle ne pensa plus à adresser des reproches sur le jeûne auquel on nous avait condamnées. J'ai gagné sans doute dans le wagon le rhume épouvantable dont j'ai souffert pendant trois jours. Ces wagons sont superbes, garnis de beau velours d'Utrecht, les coussins sont moelleux, mais il n'y a pas de vitres aux portières, une simple toile mal attachée est chargée de garantir les voyageurs de l'air, et ces wagons sont ouverts derrière et devant. On a donc à supporter le vent, la poussière, la fumée. Mes yeux coulaient comme une fontaine, et ma pauvre tête était en capilotade! Aussi m'étais-je bien promis de ne pas suivre la miss dans ses courses folles à travers la ville.

« Mais j'avais compté sans la méchanceté de cette vieille fille, elle n'a rien voulu entendre, et il m'a fallu la suivre. Tout ce que j'ai vu d'Amsterdam a été à travers les torrents d'eau de mes yeux gonflés. Tout le monde me regardait.... Ah! j'en ai eu un succès avec mon nez rouge et ma face bouffie!... affreuse English!...

« La cathédrale et les autres églises sont superbes. Sur la place Dam est le palais du roi, que nous avons visité. Il est défendu de marcher sur les tapis, mais miss Simpson ne

voulut pas entendre parler de cela, et j'ai cru un moment
qu'on allait nous mettre à la porte. Enfin, elle se résigna à
faire comme tout le monde. Nous avons traversé plusieurs
chambres et salons décorés de tableaux et de statues. La salle
du trône est superbe; celle de bal l'est encore plus, c'est gran-
diose. Elle est ornée de statues colossales représentant la
Paix, la Justice, la Vérité, etc. Dans cette salle sont les
trophées rappelant les victoires des Hollandais. De la tour du
palais nous avons contemplé un superbe panorama. Là, j'ai
éprouvé un petit moment de satisfaction inoubliable : le vent
soufflait de tous côtés, et si fort, que les messieurs jugèrent
prudent de retirer leur couvre-chef. Soudain les regards se
trouvèrent attirés par un chapeau de femme se balançant en
l'air. « Oh! fit l'Anglaise en riant, un petit désagrément pour
la propriétaire de ce volage!... »

« L'hilarité des visiteurs ne se put contenir en voyant la joie
de la miss. Elle porta alors la main à sa tête.... Elle avait
oublié de fixer son chapeau avec des épingles, et c'était lui qui
si balançait dans l'espace. Ah! elle ne rit plus alors, elle
pensa au rhume de cerveau qui la guettait, et encore plus à sa
situation critique. Songez donc, une Anglaise tête nue en
public! et dans la rue!... Elle faisait une si lamentable figure,
que les rires eurent bien du mal à se calmer. Alors, j'ai paru

me dévouer, ce qui, en réalité, était une petite malice, je lui ai offert mon chapeau, qu'elle a accepté vivement. Elle avait une si drôle de tête là-dessous, que les rires ont recommencé. Alors nous sommes vite redescendues, et miss Simpson a acheté un autre chapeau chez la modiste la plus proche; je suis donc rentrée en possession du mien.

« Après déjeuner, nous avons visité la chapelle de France et plusieurs autres fort intéressantes, les docks, la promenade du Plantage, avoisinée de canaux; le musée, qui possède des chefs-d'œuvre de Rembrandt, de Van der Halst; le jardin zoologique, très remarquable; l'hôtel de ville, avec six tours à clochetons d'un curieux effet.

« Miss Simpson a tout à fait l'air de me prendre pour sa femme de chambre, elle exige de moi des choses qui me révoltent. Mais je suis en pays étranger, je ne possède rien car cette insupportable miss s'obstine à ne pas me payer. Ah! quel tort j'ai eu de gaspiller en inutilités l'argent que j'avais gagné chez M<sup>me</sup> Verneuil! M<sup>me</sup> Duval avait raison lorsqu'elle me prêchait l'ordre, l'économie, la prévoyance..., elle est remplie de sagesse, cette bonne dame, et j'avais eu tout à gagner de ne pas repousser ses avis.... Ce qui est fait est fait, il n'y pas à y revenir!...

« C'est moi qui ai dû prendre les billets d'embarquement et

faire transporter les bagages au bureau qui devait les porter à bord, notre départ pour le Danemark étant décidé.

« Nous nous sommes levées de grand matin, et lorsque la cloche du bateau sonnait, nous nous sommes dirigées vers le quai. Au deuxième son, nous nous sommes embarquées. Miss Simpson s'est mise à chercher, parmi les bagages, son pliant, sa boîte de peinture, sa valise, mais inutilement. Alors elle s'est adressée aux hommes du bord, les uns après les autres, mais, outre qu'ils ne comprenaient pas ce qu'elle disait, ils étaient occupés à la manœuvre, le bateau démarrait et on retirait les échelles. Miss Simpson criait, gesticulait, courait de droite à gauche, poussant tous ceux qui lui faisaient obstacle.

« Le bateau se mit en marche et alors le capitaine, qui s'était aperçu de l'agitation de l'Anglaise, s'approcha d'elle et, avec ce calme propre aux gens du Nord, lui demanda ce qu'elle avait. Il savait assez d'anglais pour une conversation de ce genre, ils purent se comprendre et s'entendre.

« Le capitaine fit chercher les bagages : ils n'avaient pas été inscrits et n'étaient pas à bord.

« Alors miss Simpson, au comble de l'exaspération, me prit par les bras et me secoua ferme, me prodiguant des injures; elle avait bien envie de me battre, mais elle n'osa devant tout ce monde qui la regardait de travers et la prenait pour une folle. Le capitaine est intervenu et m'a retirée de ses mains; puis il l'a calmée en lui promettant de nous embarquer à bord du bateau que l'on apercevait se dirigeant de notre côté, et qui nous ramènerait à Amsterdam. L'argent du passage serait perdu, et il faudrait attendre un autre bateau, mais on retrouverait les bagages; il n'y avait donc pas à hésiter. Ainsi fut fait. Aussitôt débarquée, j'ai couru au bureau; nos bagages y étaient bien, on avait oublié de les embarquer. Miss Simpson eut beau crier, protester, menacer, personne ne comprenait, elle finit par se taire.

« Nous sommes retournées à l'hôtel, et c'est le maître d'hôtel lui-même qui s'est occupé de faire transporter nos bagages au bateau, ce qu'il avait offert la première fois et que l'Anglaise n'avait refusé que pour m'en donner l'embarras; elle en a été punie, j'en suis enchantée.

« Enfin, le lendemain, nous nous sommes embarquées, et cette fois tout a bien été. Elle est devenue insolente, la miss, elle s'abstient de me dire mademoiselle; c'est Sarah tout court, puis Grasrat, Petitrat, Petitval.... Les voyageurs ont souri d'abord, puis ils ont trouvé la chose absurde, je l'ai vu à leur haussement d'épaules. Elle voulait me rendre ridicule, cette méchante femme, elle n'a pas réussi, elle enrage !

« J'ai remarqué que les passagers témoignent une certaine considération à miss Simpson; elle est cependant insupportable envers tout le monde, et son sans-gêne est souvent insolent.... Elle n'a rien pour plaire, enfin ! Je n'ai pas été longtemps à trouver le parce que : elle est riche, ou du moins on la croit riche, c'est-à-dire avoir de l'esprit à revendre, du talent que personne ne songe à contester, de la grâce, de la beauté, ou, à défaut, une distinction remarquable, des qualités même.... Riche, c'est avoir tout cela ! M^me Duval me l'avait dit : « Souvenez-vous qu'une fille pauvre doit posséder « réellement les qualités qui finiront par attirer vers elle « quelques sympathies. Si elle a la beauté, ce qui est un « malheur pour elle, il lui faut une grande modestie pour « qu'on lui pardonne cet avantage. Riche, elle n'a aucun effort « à faire, car on lui accorde toutes les perfections. Pauvre, « elle doit s'effacer, s'observer sans cesse, et se résigner à « rester dans l'ombre au milieu des indifférents, si elle veut « être à l'abri des coups terribles de la jalousie. »

« C'est singulier comme la pensée de cette femme sensée m'obsède. Et comme l'image d'Eva me poursuit.... Le bonheur était peut-être près d'elles.... Allons, pensons à autre chose.... Je disais donc que miss Simpson était de plus en plus insupportable, et qu'elle cherchait toutes les occasions

Elle rêvait.

de me faire des scènes. Il y avait à bord un Français et sa femme, française aussi, c'est dire que nous étions allés l'un à l'autre de suite. C'est si bon de trouver des compatriotes sur un sol étranger, d'entendre parler sa langue !... Dès que mon Anglaise m'apercevait en leur société, elle arrivait et me donnait un ordre pour m'éloigner. A un moment, elle me fit une scène affreuse parce que nous riions et qu'elle prétendait que c'était d'elle. Heureusement que le voyage touche à sa fin ! Que de grands souvenirs se rattachent à l'histoire du Danemark où nous serons bientôt ! C'est de cette contrée que sortirent ces peuples qui, joints à plusieurs nations des bords de la Baltique, ravagèrent les Gaules et l'Helvétie, firent trembler l'Italie, battirent plusieurs fois les Romains, et furent enfin défaits par Marius. Ce sont ces mêmes peuples qui, sous le nom de Jutes et d'Angli, envahirent l'Angleterre et grossirent cet essaim de pirates sortis de la Norwège et de la Suède, que le moyen âge confondit sous le nom de Normands, et qui furent pendant plusieurs siècles l'effroi du reste de l'Europe. »

### V.

« Enfin, nous voilà à Copenhague !

« La traversée a été pénible à la fin ; la miss a eu le mal de mer, et elle a débarqué avec la migraine, ce qui nous a valu une journée de repos à l'hôtel.

« A la bonne heure! voilà un pays où l'on sait recevoir les voyageurs! A peine le bateau avait-il accosté le quai qu'un monsieur, correctement vêtu, est descendu à bord. Il s'est approché de miss Simpson, chapeau bas, et il lui a fait ses offres de services en anglais. Sur un signe, des hommes sont descendus, ont pris notre reçu et nos bagages. Le maître d'hôtel, telle était la qualité de ce monsieur, m'a dit en excellent français quelques paroles courtoises, puis il a offert son bras à l'Anglaise, m'a invitée à le suivre, et nous sommes montées sur le quai, où il nous a installées dans une confortable voiture. Quelques minutes après, nous arrivions à l'hôtel, où nous étions reçues par la maîtresse de maison d'une façon des plus gracieuses. Elle aussi parla plusieurs langues, ce qui est fort agréable pour les voyageurs.

« Notre débarquement, notre installation, tout s'est fait sans trouble, sans ennui, à la bonne heure! Je ne sais si c'est le contentement que j'éprouvais à me retrouver sur le « plancher des vaches », mais tout m'a paru beau et bien; je me sentais si heureuse de vivre, que j'étais d'une gaieté engageante; tout le personnel de l'hôtel me prodiguait ses plus charmants sourires, et l'énorme chien danois est venu se frotter contre moi, en remuant la queue ; j'ai passé ma main sur sa tête à plusieurs reprises, il en a paru enchanté ; nous voilà deux amis. Au temps de ma prospérité, j'aurais ri au nez de la personne qui m'aurait dit que j'en arriverais un jour à m'occuper d'un animal et à m'y intéresser.... Certes, M^me Duval avait raison de dire que les idées se modifient d'après les circonstances, je trouve cela tout naturel maintenant.

« Copenhague, appelée en danois Kjœbenhavn, occupe, dans le Sund, le fond d'un golfe de l'île de Seeland, ainsi qu'une partie de l'extrémité septentrionale de la petite île d'Amager.

« La vieille ville, séparée de la nouvelle par un canal, est grande et populeuse. Nous avons commencé nos promenades par une visite au palais de Charlottenbourg, jadis résidence de la cour, aujourd'hui occupé par l'Académie des Beaux-Arts, et par une superbe galerie de tableaux. Nous avons visité aussi le palais du prince Frédérik, l'arsenal, la bibliothèque.

« Pendant une semaine nous avons parcouru tous les quartiers de la ville, nous arrêtant aux plus petites choses. Mais je n'en éprouvai pas d'ennui, car miss Simpson se montrait plus raisonnable d'humeur et de jambes. C'était sans doute au soleil radieux, qui brillait depuis notre arrivée, que je devais cette accalmie.

10

« Dans la nouvelle ville, que l'on appelle Friedrichstalt, nous avons visité le château royal de Rosenburg, qui renferme une belle collection d'antiquités; j'y ai admiré la splendide salle dans laquelle le roi ouvre les séances de la haute cour de Justice. Le jardin de ce château est également fort beau.

« Notre hôtesse nous a dit qu'autrefois Copenhague était le centre de l'industrie et du commerce du royaume. Les Anglais et les Américains, par leur rivalité, ont, paraît-il, porté un coup mortel à ses relations avec les Indes, et elle est réduite maintenant au seul commerce de consommation.

« Il est charmant, notre hôte, il est probable que la carte à payer s'en ressentira.... Il nous a conduites à son jardin potager, qui est dans une île voisine, l'île d'Amack. Nous avons fait cette petite traversée dans un charmant canot qui appartient à notre hôte. Cette île est peuplée, et la culture y est remarquable. Le jardin qui a l'honneur de recevoir notre visite est superbe, nous en avons rapporté un charmant bouquet, de plus, nous avions les bras chargés de fleurs que nous avions cueillies nous-mêmes. Cet homme ne m'a pas exclue des politesses qu'il a faites à miss Simpson, il me donne une excellente opinion de son éducation; je garderai un bon souvenir des Danois.

« Nous avons visité encore plusieurs petites îles. Par ce

temps radieux, cette promenade sans fatigue a été une des
plus agréables que j'aie faites.

« Miss Simpson fit, le lendemain, plusieurs achats pour sa
toilette; je me demandais pour quelle cérémonie elle faisait
tant d'apprêts. Notre hôtesse m'a confié que c'était pour
assister à l'ouverture de la promenade du parc royal, où tout
ce qu'il y a de riche et de distingué se donne rendez-vous.
Je devais être de la fête. Comment faire? J'aurais bien voulu,
moi aussi, avoir une toilette fraîche, mais je possédais trop
peu d'argent pour cela. Je me sentais humiliée, surtout à la
pensée que l'on pourrait alors me prendre pour la suivante de
cette sèche Anglaise.

« A force d'y songer, je trouvai le moyen de me tirer d'affaire :
j'ai sorti mes robes de ma malle, je suis encore en noir, c'est
bien sombre! il est vrai que cette couleur me va à merveille....
Je me suis armée d'une aiguille, de fil, de ciseaux, et je me
suis mise à couper, à tailler, à coudre.... Miracle! Voici une
chose dont je ne me serai jamais crue capable, ma robe de
soie noir était transformée, égayée, ses ornements de jais
miroitaient comme des soleils, et ma petite coiffure, constel-
lée de perles, faisait l'effet d'un diadème. Ce que c'est que la
nécessité!... Et la pensée de M^me Duval est revenue me
trouver....

« En voyant toutes ces femmes du Nord, avec leurs cheve-
lures si blondes, leurs yeux si bleus, je songe toujours à Eva....
L'autre jour, j'ai vu à l'hôtel une petite fille de son âge qui lui
ressemblait d'une façon étonnante. Je n'ai pu m'empêcher de
lui mettre un baiser au front.... Elle m'a regardée, surprise,
puis m'a souri.... Ce sourire est semblable à celui d'Eva....

« Elle est triste la vie que je mène ! Cette femme dont je suis
« la chose », puisqu'elle me paye, ou du moins me paiera, ne
m'aime pas et je lui rends la pareille. Aimer, être aimée,
passer une existence près de ceux qui vous aiment et qu'on
aime, voilà le bonheur dont parlait M^me Duval. « Aimez pour
« qu'on vous aime », disait-elle. Je ne puis cependant pas
aimer mon Anglaise !...

« Enfin, le jour de l'ouverture du parc royal, nous sommes
montées en voiture; car cette promenade, située à trois kilomètres de la ville, ne se fait à pied que par les gens pauvres;
il est donc indispensable d'arriver avec grand cérémonial, si
on veut être compris dans la catégorie des gens de bon ton.

« Miss Simpson a jeté un regard sur ma toilette; elle avait
bien envie de trouver un prétexte pour me faire rester à
l'hôtel, mais elle n'a pas osé, aussi a-t-elle été de très méchante
humeur toute la journée, d'autant plus qu'il lui est arrivé une
aventure dont je ris encore, mais qui a achevé de l'exaspérer.

« Dans la calèche ont pris place la maîtresse d'hôtel, la petite fille blonde et sa maman. J'ai gagné les bonnes grâces de ces dames et de la fillette, tout ce monde est charmant avec moi. Le chien, qui me suit, saute devant le cheval en aboyant d'une façon formidable, il a la joie bruyante; la mienne est calme, mais je me sens heureuse.

« Nous avons fait notre entrée dans le parc, je puis dire une entrée sensationnelle. On m'a beaucoup regardée, ainsi que la jeune dame, qui est fort belle et dont la toilette est du meilleur goût. Quant au succès de mon Anglaise, il a été inoubliable pour elle; on lui a littéralement ri au nez. C'est qu'elle s'était affublée d'une robe vert-d'eau, garnie de dentelle blanche. Sur sa tête, un chapeau garni de fleurs au ton criard : vert, rouge, bleu, rose, blanc.; telle était la toilette de miss Simpson. Elle avait l'air d'une vieille fée. Dans un endroit touffu du parc, poétique au possible, est une fontaine merveilleuse, à laquelle on accorde la propriété de donner une jeunesse éternelle.... Chacun y vient puiser, cela va sans dire. Les jeunes, qui ne se figurent pas pouvoir jamais perdre leurs charmes, font ce pèlerinage en riant; celles qui sentent la jeunesse prête à les trahir, viennent furtivement boire l'eau magique, en laquelle est leur espérance.

« Nous nous y sommes rendues, car notre hôtesse y tenait

essentiellement. Il faut dire que c'est une bonne personne, qui se fait pardonner les prétentions de ses quarante printemps. C'est avec recueillement qu'elle a bu à la fontaine; la mère de la petite fille blonde l'a fait avec indifférence, pour faire comme tout le monde; sa mignonne fillette a voulu boire aussi, ce qui nous a fort égayées. Pendant ce temps, ma vieille miss, le lorgnon sur le nez, tournait autour de la fontaine, regardant minutieusement je ne sais quoi.... Je me figure qu'elle grillait de l'envie de boire l'eau de l'éternelle jeunesse, mais qu'elle ne voulait pas le faire devant nous. Les arbres étaient touffus, leurs longues branches tombaient en parasol, et l'Anglaise était grande.... Un ah! formidable et des rires homériques coupèrent court ma conversation avec la mignonnette blonde; nous cherchons des yeux miss Simpson; elle est là, à quelques pas, consternée, les deux mains sur la tête. Son chapeau se balance à une branche scélérate qui le lui a enlevé ainsi que sa chevelure; ma miss porte perruque, ce ne sera plus un secret pour moi!... On a rajusté le tout sur le crâne jaune de la vieille fille; sa capote était passablement froissée, mais pas autant qu'elle-même. Elle m'a fait signe de la suivre et, digne, elle a traversé le parc et est montée dans une calèche qui attendait des clients. Hue, et.... en route pour l'hôtel!

« Dire que tant d'amusements étaient à notre disposition dans ce merveilleux parc et qu'il a fallu tout quitter, spectacles, danses, concert, pour venir nous enfermer à l'hôtel ! Ah ! pourquoi donc miss Simpson a-t-elle oublié d'assujettir sa perruque et de fixer sa capote ?

« Elle était si humiliée, la malheureuse, qu'elle s'est fait servir son souper dans sa chambre, et m'a envoyé manger dans la mienne. Pourtant, j'ai su me retenir de rire, ce qui n'était pas une petite affaire. J'ai appris, le lendemain matin, qu'elle avait demandé son compte ; donc nous partions. Je suis entrée chez elle et je l'ai trouvée en train de faire ses malles. Elle m'a lancé des regards terribles, et m'a dit d'un ton qui ne valait guère mieux, que je me prépare au départ et que je vienne prendre ensuite ses ordres. Ses ordres !... Que ce mot sonne mal !... Il fut un temps où j'en donnais.... Ne le faisais-je pas aussi durement que cette Anglaise ? J'ai dû faire souffrir. Et moi aussi je souffre. Allons, mon cœur, subis et tais-toi. »

## XI.

## LA CAVERNE DES TOMBEAUX.

« Que je voudrais être arrivée à Stockholm, se disait Sarah en regardant d'un œil distrait les nombreuses îles que le navire laissait derrière lui, car vraiment, cette navigation sur la Baltique n'est guère agréable surtout en compagnie de gens dont je ne comprends pas la langue, et d'une personne maussade, insupportable, comme miss Simpson. J'ai hâte surtout de me retrouver dans mon pays, dans ma belle France, de ne plus courir par monts et par vaux. Ah ! si j'avais su m'y prendre, j'aurais un foyer aujourd'hui; modeste, il est vrai, mais où j'aurais trouvé des sympathies. Qu'est-ce qui

me retient encore? L'orgueil!... Mais je saurai le plier, et,
de retour en France, j'irai trouver cette vieille amie de ma
mère, et elle ne me repoussera pas. »

Pendant quelques minutes, Sarah resta pensive, puis, tirant
de son sac un petit guide du voyageur, elle le feuilleta et,
ayant trouvé ce qu'elle y cherchait, elle lut :

« La force physique et la beauté distinguent les Suédois des
deux sexes. Une hospitalité sans bornes envers l'étranger,
une humeur gaie, un caractère entreprenant, sont les qualités
communes à toute la population qui s'étend jusqu'au cercle
polaire.

« La Suède possède dans la Baltique deux îles importantes :
Œland et Gœtland.

« Il y a en Suède de riches mines de fer, que l'on exploite
à ciel ouvert, comme les carrières de pierres. On a calculé
qu'elles ne pourraient pas être épuisées dans quinze siècles.
La Suède tire encore de son sol : or, argent, cuivre, étain,
cobalt, plomb, manganèse, zinc, alun, soufre, sulfate de fer,
houille. Toute la partie de la Suède comprise entre le détroit
de Sund et le cours du Dol, produit du froment, du seigle, de
l'orge, de l'avoine, des légumes farineux en grande abondance
et des arbres fruitiers.

« Vers le 62e et le 63e degré, les arbres fruitiers cessent de prospérer, mais la nature multiplie dans ces latitudes des arbres qui produisent des baies rafraîchissantes et sucrées dont les habitants font un grand usage. La mousse des rennes, sorte de lichen, croît dans ces régions et sert à la nourriture de ces animaux, des vaches et autres bêtes à cornes; les habitants en mangent quelquefois. »

Oh! le triste pays! pensa Sarah, interrompant un instant sa lecture. Et c'est pour voir toutes ces tristesses que miss Simpson nous fait faire un pareil voyage! Ce qui me console, c'est que nous sommes au mois de juillet, et je pense que mon Anglaise ne voudra pas hiverner dans ce pays. Brou! d'ailleurs, elle ne peut rester en place, cette vieille folle, il lui faut du changement, toujours du changement....

« Le climat de la Suède, continua Sarah, est toujours un sujet d'étonnement pour l'étranger. En Gothie, qui est la région sud, la douceur de la température et la fertilité du sol sont remarquables. Le Français n'y regrette pas le climat du nord de son pays, il n'y éprouve pas ces changements brusques et fréquents qui nuisent à l'agrément du séjour de la capitale.

« A Stockholm, les plus longs jours et les plus longues nuits sont de dix-huit heures et demie; les plus courts sont de cinq heures cinquante-quatre minutes.

« Près la frontière du nord, l'hiver dure neuf mois et l'été trois mois, finissant avec septembre. Le soleil ne quitte pas l'horizon dans la saison des plus longs jours et ne se montre pas dans celle des plus longs nuits. »

Voilà qui ne promet rien de plus récréatif que ce qui précède, se dit Sarah; mais du moment que l'été finit avec août, il est à croire que nous serons loin à ce moment-là. J'ai beau chercher parmi tous les noms barbares de villes, je ne vois guère qu'Upsal et Stockholm de remarquables. Voyons :

« La situation de Stockholm contribue à ce qu'on jouisse, même au sein de la ville, de la contemplation de tout ce qui peut embellir un paysage. Elle est dans une situation singulière, elle occupe deux presqu'îles et plusieurs îles baignées par le lac Mœlar, au fond d'un golfe, où il se décharge dans la mer Baltique. Des bras de mer forment des canaux qui permettent aux navires d'arriver jusqu'à la ville même. La beauté de sa situation, et même quelques-uns de ses monuments, la placent au rang des plus agréables villes de l'Europe.

« Les deux grands faubourgs occupent plusieurs îles et sont en partie bâtis sur pilotis. Ainsi ses dix quartiers sont séparés par les divers bras du Mœlar et par la mer; ils communiquent entre eux par treize ponts en pierre et par d'autres en bois.

« Le port, défendu par deux forts, est d'une entrée difficile, mais son enceinte est vaste et sûre; l'eau en est limpide et si profonde que les grands navires peuvent aborder jusqu'au centre de la ville. Le quai est bordé de belles maisons et de vastes magasins. Les rues s'élèvent les unes au-dessus des autres, sur la pente d'une colline et forment un bel amphithéâtre couronné par le palais du roi. La nature, généreuse dans ses bienfaits, a réuni avec tant de prodigalité, aux environs de Stockholm, les sites les plus variés, que cette ville semble placée au milieu d'un grand et vaste jardin. D'un côté s'élèvent des montagnes majestueuses que garnit le sombre feuillage des pins, alternant avec les rameaux touffus de l'orme et du chêne, tandis que de l'autre s'ouvre une agréable vallée, plus loin la vue se repose sur des coteaux et sur des îles. Des châteaux, résidences d'été de la famille royale, des maisons de campagne et des jardins animent ce paysage.

« Dans la capitale, on a beaucoup de goût pour les sciences et les arts; les concerts y sont fréquents, et le théâtre royal est fort bien dirigé. Le commerce est d'une grande importance, c'est par ce port que se font la plupart des importations et des exportations du royaume. »

Miss Simpson avait fini sa sieste, nécessitée par un commencement de migraine, ce qui lui donnait toujours une plus méchante humeur que d'habitude. Elle s'approcha de Sarah, qui ne l'avait pas vue venir, et lui dit brusquement : « Pourquoi donc n'êtes-vous pas venue vous mettre à ma dispssition ? Vous figurez-vous que je vous ai prise à mon service pour que vous ayez le nez dans la lecture du matin au soir ? »

Sarah avait bien envie de répondre sur le même ton, mais elle se contint et opposa la plus grande indifférence à ces paroles insolentes, ce qui exaspéra l'irascible Anglaise qui espérait trouver l'occasion de faire une scène.

Enfin on débarqua à Stockholm. Miss Simpson choisit un hôtel de premier ordre, sur le quai. Grâce à l'interprète dont l'établissement était pourvu, les deux voyageuses furent mises au courant de tout ce qu'il y a de remarquable dans la ville et ses environs. Tout fut visité en détail. Ensuite, nos voyageuses partirent pour Upsal, ville fort curieuse, située dans une plaine fertile, et dont les environs méritent de fixer l'attention du voyageur par les monuments historiques qu'ils renferment.

Miss Simpson était dans un de ses états nerveux où tout lui déplaisait. Elle ne cessait de récriminer sur le service de l'hôtel, sur la cuisine, sur la maîtresse de l'établissement qui, pourtant, était fort aimable. Elle abandonna donc son projet de rester jusqu'au moment de la foire qui devait s'y tenir huit jours, et subitement décida de partir le lendemain.

A huit kilomètres d'Upsal sont quatre tombeaux d'anciens rois. C'est à cet endroit que se tenait, à l'époque du paganisme, la déesse de la Justice. Il existe encore, près des tombeaux, un souterrain allant jusqu'à la forêt, où est une de ses issues. Ce souterrain était la terreur des villages d'alentours, il passait pour être le refuge des bandes de voleurs, assassins à l'occasion. On disait aussi ce lieu hanté par des esprits et des démons.

Miss Simpson avait résolu de visiter ce lieu célèbre; on eut beau lui conseiller d'attendre au jour du marché, qui amène beaucoup de monde sur cette route solitaire, elle n'en voulut pas démordre. La caissière qui parlait anglais et même français, raconta plusieurs faits peu rassurants sans plus de succès.

D'ailleurs, la miss devait se faire accompagner par un guide, qui s'était attaché à ses pas depuis son arrivée à Upsal. C'était un solide gaillard, et elle était persuadée que la sécurité était complète en pareille société.

Le temps était superbe, miss Simpson avait décidé que l'excursion se ferait à âne; le guide en amena deux sur lesquels l'Anglaise et Sarah montèrent; l'homme, armé d'une simple

baguette, marcha devant, stimulant de temps en temps ses
bêtes. La campagne était entièrement déserte, mais est-il
possible de songer à avoir peur lorsque le soleil brille, que les
oiseaux chantent, que tout ce qui vous entoure est captivant?
Miss Simpson paraissait très confiante, très satisfaite. Il n'en
était pas de même de Sarah. Plus elle regardait le guide, plus
elle se sentait envahie par une crainte qu'elle n'arrivait pas à
vaincre. Elle avait cru remarquer, la veille, les regards de
convoitise de cet homme qui ne cessait de contempler le sac
de cuir que l'Anglaise portait en bandoulière; à cette heure, il
en était encore de même. Elle trouvait que c'était bien imprudent de s'être confiée ainsi à un homme que personne ne
connaissait à Upsal, et qui avait produit une très mauvaise
impression à l'hôtel.

On était arrivé. Le guide aida les voyageuses à descendre de
leur monture et les conduisit aux tombeaux, qui sont sur un
monticule. Tout près est la pierre des sacrifices. Elle avait été
dérangée et on apercevait un trou profond. Le guide mit deux
doigts dans sa bouche et fit entendre un sifflement formidable,
auquel d'autres encore éloignés répondirent. Depuis quelques
instants, miss Simpson se sentait en proie à une inquiétude
indéfinissable; elle ne voulait pas se l'avouer, elle avait peur.

Soudain deux hommes surgirent de derrière les buissons,

ils se jetèrent sur l'Anglaise et la dépouillèrent de sa valise, de ses bijoux. Elle essaya de résister, mais un des bandits lui serra la gorge. Ses mains étaient dures et le cou de la miss était bien mince..., bientôt, elle ne bougea plus ! Sarah, que le guide fouillait et qui se laissait faire sans protester, put apercevoir un homme, le corps inerte de miss Simpson sur le dos, se diriger vers la forêt.

Sarah avait compris que toute résistance serait inutile, elle se laissa prendre sa montre, un ravissant bijou, seul souvenir d'un temps meilleur. C'était tout ce qu'elle possédait. Les deux hommes, après lui avoir lié les pieds et les mains, se mirent à délibérer sur son sort. Ils la croyaient la domestique de l'Anglaise et, à ce titre, ils étaient résolus à ne lui faire aucun mal. Cependant ils ne pouvaient la laisser libre, elle les dénoncerait et on mettrait des entraves à leur petit commerce.... Le guide avait trouvé un moyen de tout concilier. Il chargea Sarah sur ses robustes épaules.

Il s'arrêta aux premiers pas. Encore quelques instants et il allait disparaître dans le trou béant avec sa proie, mais là, tout près, une voiture, portant joyeuse compagnie, s'était arrêtée. Hou ! hou ! criait un homme en levant les bras en signe d'appel, et les autres personnes, levées subitement, se mirent de la partie.

Le brigand jeta son fardeau par terre, et disparut par l'ouverture dont il ferma promptement l'entrée.

Un débat avait lieu dans la voiture : un homme voulait descendre pour aller voir, et une petite femme sèche, à l'air grincheux, se cramponnait à sa blouse.

— A-t-on jamais vu chose pareille! disait-elle, vouloir aller dans ce lieu hanté! Il n'est qu'un poltron pour avoir une pareille audace!

— Ce que cet homme portait sur le dos avait tout l'air d'un cadavre, dit l'homme en cherchant à se dégager; il s'en est débarrassé en nous entendant crier, laisse-moi aller voir.

— Si c'est un cadavre, dit la petite femme, à quoi bon s'en occuper? D'abord, ce que tu as pris pour un homme était bel et bien un esprit.... Tu vois bien qu'il a disparu tout d'un coup, il s'est évanoui en vapeur, je l'ai bien vu.... Ce lieu est rempli de ces méchants esprits, et il ne fait pas bon s'y frotter à ce qu'il paraît.

— Ça, c'est vrai, dit un jeune gars, mon père les a vus de près, et il nous en a dit des choses, à faire frémir.

— Ce sont des contes tout ça! fit le premier interlocuteur, ces prétendus esprits sont bel et bien des brigands, qui ont leur repaire de ce côté; j'ai entendu dire qu'il y a par ici un

immense souterrain qui va jusqu'à la forêt, où il y a une issue;
je le crois.

— Fouette le cheval, alors, dit la femme, et filons vite,
inutile de nous exposer à une attaque.

— Nous sommes quatre hommes solides, dit l'homme, nous
saurions nous défendre, je suppose.

— Si ça vous était égal, patron, nous partirions, la bête
s'ennuie....

— La paix, Anders, dit l'homme.

Et d'un bond, il fut hors de la voiture. Les deux hommes et
la femme en firent autant, Anders resta à garder le cheval.

— Sums! s'écria la femme, c'est imprudent ce que tu fais là,
il va nous arriver malheur, pour sûr!

— Rassure-toi, Edwidge, répondit Sums, en montrant à sa
femme un revolver qu'il tira de sa poche, voilà pour lier
conversation avec les importuns. Qu'est-ce que je disais...
J'avais bien vu, oui! voyez cette femme.

— Elle me fait l'effet d'un cadavre, comme tu disais, fit l'un
des hommes.

— Peut-être, dit Sums. Aide-moi à la soulever, Christian,
nous allons nous en assurer.

— Faites tout ce que vous voudrez, dit Edwidge, mais, je
vous en prie, ne restons pas ici, je meurs de peur.

— Votre femme a raison, dit Christian; cette créature infortunée vit encore, son cœur bat, portons-la à la voiture.

— Ah! mais non! fit Edwidge, je n'en veux pas chez moi.

— Nous ne pouvons cependant l'abandonner en ce lieu, dit Sums, le brigand qui nous guette, sans doute lui ferait un mauvais parti; nous aurions cette mort sur la conscience.

— Tu es comme ta mère, tiens! fit Edwidge furieuse, vous mettez toujours votre conscience en avant, et elle vous en fait faire de l'ouvrage!

— Et du bon, dit Christian, y a-t-il sur terre un meilleur homme que Sums, et une plus parfaite créature que la bonne vieille Catarina?

— Allons, allons, Christian, dit Sums, prends cette femme dans tes robustes bras et porte-la à la voiture; laisse Edwidge causer toute seule.

Sarah fut déposée dans le fond de la voiture, on la couvrit avec la bâche.

Ça, c'est un démon envoyé sur terre par les esprits! se dit Anders, le domestique du fermier Sums; et il se signa en s'asseyant sur son siège. Le malheur va arriver avec elle dans la maison! ajouta-t-il en prenant son fouet.

La voiture se remit en route. Le cheval trottait comme un pur sang, Anders donnait à cette ardeur inusitée de l'animal

une cause surnaturelle, et tourmenté, inquiet, il se retournait
à chaque instant, regardait à gauche, à droite, s'attendant à
tout moment à voir apparaître un groupe de démons récla-
mant leur proie. Cet incident avait impressionné quoique

Vue d'Upsal.

différemment, les voyageurs; le retour fut silencieux. On
s'arrêta devant une masure de bonne apparence; là, les deux
hommes prirent congé de Sums, le remerciant de leur avoir
donné une place dans sa voiture. On sortit les provisions qu'on
avait rapportées du marché, la sacoche contenant le produit
de la vente du bétail, et Sarah fut portée sur un lit; elle n'avait

pas encore repris connaissance. On eût dit une statue. Sa superbe chevelure, libre de toute attache, la couvrait comme d'un manteau; ses longs cils et ses épais sourcils noirs se détachaient dans cette figure blanche et la rendaient impressionnante. Le fermier et sa femme se prirent à dire en même temps : « Qu'elle est belle ! »

— Oui, elle est belle, redit Edwidge, ce qui n'empêche pas que c'est une mauvaise affaire que tu nous mets sur les bras; si elle meurt chez nous?

— Nous la ferons enterrer, répondit tranquillement Sums.

— Nous payerons alors? fit Edwidge.

— A moins que tu préfères la garder ici jusqu'à la consommation des siècles !

— Vous n'êtes qu'un sot, monsieur Sums, s'écria Edwidge en colère, en élevant la voix. Tu la feras enterrer, admettons cela; et si elle ne meurt pas, qu'est-ce qu'on fera d'elle? Tu ne te figures pas que je vais m'établir à son chevet, j'ai autre chose à faire. Il serait beau de me voir négliger mon travail pour une créature inconnue, qui est on ne sait qui, et qui vient on ne sait d'où.

— On a bien pitié d'un chien! fit Sums qui gardait son calme, ce qui irritait encore plus la mégère petite femme. Il y a douze lieues d'ici à Upsal; là seulement la pauvre malade trouverait un hospice pour la recevoir. Ce n'est pas dans l'état où elle est que l'on peut l'y conduire. Calme-toi, et fais comme si rien de semblable n'était arrivé; ma mère sera fort heureuse de donner ses soins à cette inconnue, qui nous renseignera sur elle-même lorsqu'elle aura repris connaissance.

Edwidge s'approcha du lit pour examiner plus attentivement la jeune fille.

— Qu'est-ce que Anders vient de me dire, fit une vieille femme en entrant dans la chambre; vous avez trouvé une belle jeune fille aux tombeaux; le diable la portait sur ses épaules, et il l'a jetée par terre lorsque Anders a fait un signe de croix?

— Moi, je suis de l'avis d'Anders, dit Edwidge, et je crois que cette femme est une damnée; Sums aurait mieux fait de ne pas se mêler de cette affaire-là !

— Allez nous préparer le souper, ma chère petite, dit la bonne vieille.

— Cette jeune fille a dû avoir une frayeur terrible, dit la mère Catarina, après avoir tâté le pouls de Sarah. Elle a une forte fièvre et sa vie est en danger. Je me charge d'elle.

— Mais..., fit Edwidge.

— Mais? Eh bien, quoi? fit la vieille d'un air sévère. J'ai

dit : « Je m'en charge », cela suffit, ce me semble. Allez à votre travail, Edwidge, et laissez-moi m'installer tranquillement près de la malade.

Edwidge sortit sans répliquer, cette fois.

La mère Catarina était l'objet du respect de tous. Sums adorait sa mère, et n'aurait permis à qui que ce soit de la contredire. La bonne dame était connue à plus de dix lieues à la ronde pour sa science de guérir les malades. On venait de fort loin la consulter et elle faisait des cures vraiment merveilleuses. Comment s'y prenait-elle ? C'était son secret à elle ; mais quand elle avait plongé ses yeux dans les vôtres, on sentait quelque chose qui allait fouiller jusqu'à l'âme et on était pris d'une confiance, d'un espoir salutaires. Elle vous disait avec tant de foi : « Vous guérirez », que l'on guérissait bien souvent, assez souvent même pour faire à la bonne vieille une réputation de science surnaturelle. Et cependant, un régime hygiénique, de bonnes paroles pour l'âme souffrante, étaient les seuls moyens qu'elle employait et qu'elle savait appliquer d'après le genre de vie de chacun.

Malgré ses quatre-vingts ans, elle était alerte, énergique, avait l'œil à tout ; l'aisance dont on jouissait à la ferme était due en partie à ses conseils, à l'ordre, à l'économie, à la surveillance, qu'elle apportait à toute chose. De hauts personnages ne dédaignaient pas de s'adresser à sa science de guérir, bien qu'elle donnât ses soins gratuitement; mais les personnes reconnaissantes se plaisaient à le lui prouver largement, ce dont la bonne vieille faisait profiter le ménage de son fils. Elle avait même placé une somme d'argent, qu'il devait toucher à sa mort; c'est une surprise qu'elle lui ménageait, et dont elle était bien heureuse.

Edwidge avait calculé que l'octogénaire devait avoir une certaine somme en réserve, qu'elle la cachait, à la façon des avares, dans quelque coin où on ne saurait la trouver, et elle se tourmentait fort à cette pensée. Elle avait essayé plusieurs fois de faire causer la vieille mère à ce sujet, mais elle n'y avait pas réussi. Quant à son mari, elle savait combien il accueillerait mal la moindre ouverture à ce sujet, et elle s'était abstenue. Pendant un long mois, la fièvre terrassa Sarah. Que de soins, que de peines pour l'arracher à la mort! Dans son délire, elle revivait les événements terribles qui l'avaient faite orpheline; elle appelait à son aide ceux qu'elle n'avait pas su aimer, elle criait, pleurait, suppliait. La science de la mère Catarina était mise à une rude épreuve. Et comment opérer sur cette âme aussi malade que le corps, dont on ignorait la souffrance? La bonne dame ne comprenait pas un mot de la langue que parlait Sarah, et qui, selon son jugement, devait être la langue française, car le mot *Paris* avait été bien souvent prononcé par la malade dans son délire.

Enfin, peu à peu, la fièvre céda aux breuvages et aux soins intelligents de la guérisseuse, les idées redevinrent lucides; mais une faiblesse excessive succéda à la maladie.

Edwidge s'était résignée en apparence à voir soigner chez elle cette étrangère; mais elle en gardait au fond du cœur un grand ressentiment, qui ne fit que s'accroître lorsque Sarah, entrée enfin en convalescence, vint prendre, en compagnie de sa bienfaitrice, une petite part à la vie commune. La mère Catarina, fière de montrer son « nouveau miracle », se plaisait à promener à son bras la convalescente par les petits sentiers verdoyants.

Pauvre Sarah! Quand, pour la première fois depuis sa maladie, elle se vit dans un miroir, elle se couvrit le visage de ses mains amaigries. Qu'était devenue cette beauté dont elle était si fière? En quelques coups de peigne, sa splendide chevelure s'était détachée, ne laissant sur sa tête dénudée que quelques maigres cheveux destinés à tomber aussi. Ses yeux, sans éclat, étaient cerclés de noir, son nez ainsi que sa bouche semblaient grandis, ses joues étaient creuses, ses pommettes saillantes, la beauté parfaite de ses formes avait fait place à une maigreur effrayante.

Son moral était dans un état encore plus désastreux, car la mémoire lui revenait peu à peu, et, à mesure qu'elle revenait au sentiment de la réalité, ce bonheur de vivre, qu'elle avait d'abord éprouvé, s'effaçait pour faire place à un sombre désespoir. Seule en pays étranger, dénuée de toute ressource, ne comprenant pas un mot de la langue et ne pouvant, par conséquent, se faire comprendre, faible comme un enfant, incapable de tout travail, qu'allait-elle devenir?

Ces tristes réflexions, le chagrin qui en était résulté, retardaient la guérison.

La bonne Catarina s'apercevait bien de l'état d'esprit de la jeune fille, mais comment la consoler, la conseiller? Alors elle, la femme autoritaire, à la voix sévère, même rude parfois, se faisait tendre et caressante; elle parlait le langage du cœur, et, d'une voix douce et émue, disait la parole qui console et qui berce. Le langage du cœur va au cœur, dans n'importe quelle langue. La convalescente écoutait, attendrie, et se sentait réconfortée, rattachée à la vie qu'elle prenait en dégoût. Il lui semblait entendre M^{me} Duval lui dire : « Il faut vivre, Sarah, pour racheter ta conduite passée; il faut vivre pour aimer et être aimée; il faut vivre pour faire le bien, pour être utile aux autres ! » Oui, vivre pour faire et être tout cela, voilà le but désormais ! Puis alors, aller se jeter aux pieds de l'amie méconnue et lui dire : « Voilà votre ouvrage ! »

Cette résoulution prise, Sarah se sentit plus tranquille, et elle se prit à aimer cette bonne vieille, dont la bonté lui avait rappelé M^{me} Duval, c'est-à-dire le devoir. C'était touchant de voir la fière Sarah, sa main mignonne dans la main sèche et ridée de l'octogénaire, les yeux plongés dans les siens en l'écoutant chanter, de sa voix de vieille, une ballade du pays. Souvent, elle se jetait à son cou, d'un mouvement brusque, soudain, et lui disait :

— Je vous aime bien.

Elle éprouvait à cela une sensation délicieuse, inconnue jusqu'alors, et qui la réconciliait avec la vie.

Enfin, Sarah revenait à la santé ; de légères couleurs se montraient à ses joues, ses yeux reprenaient leur éclat.

Sums trouva que le moment opportun de s'occuper d'elle était arrivé.

— Parlons de Sarah, mère, veux-tu ? dit-il à la bonne vieille. La crois-tu en état de supporter un voyage ?

— Oui, mon fils, et j'allais te dire justement ce que j'attends de toi. D'abord, laisse-moi te féliciter du bon cœur dont tu as fait preuve en permettant à cette pauvre enfant de rester sous ton toit ; c'est bien, je suis contente.

— Je n'ai fait que mon devoir, mère, en ne laissant pas cette pauvre jeune fille à l'abandon ; ne m'as-tu pas toujours donné l'exemple de la bonté, de la charité ?

— C'est le devoir, tu l'as dit, n'en parlons plus et faisons-le toujours. Parlons de Sarah. Elle m'a parlé bien des fois de Stockolm, d'Upsal, ce qui me fait supposer qu'elle y connaît quelqu'un ou qu'elle y a passé quelque temps. Comme voyageuse sans doute, et, à son âge, elle ne devait pas être seule. Cependant aucune recherche n'a été faite à son sujet, ce qui me semble extraordinaire ; je ne sais à quelle supposition m'arrêter. A en juger par ses manières, ses vêtements, les quelques bijoux qu'elle porte, elle doit être dans une situation aisée. Le seul moyen d'éclaircir le mystère est d'aller avec elle jusqu'à Upsal. J'aurais voulu t'y accompagner, mais je crains la fatigue du voyage.

— Toi qui aimes tant ce pays, où tu es née, tu renonces à nous y accompagner ? C'est la première fois que cela t'arrive. Serais-tu souffrante ?

— Non, mon fils, non, je me sens un peu lasse, voilà tout. C'est par mesure de précaution que je veux m'abstenir, me priver de ce plaisir. Je ne suis plus jeune, tu sais, le poids de chaque jour est de plus en plus lourd à porter.

— Dis tout ce que tu voudras, ma chère mère, je n'irai

conduire Sarah à Upsal que lorsque ton malaise sera passé ;
alors, tu nous accompagneras.

— Il est préférable de ne pas attendre. Si ce voyage ne nous
apprend rien, tu ramèneras Sarah ; elle me tiendra société, et
on pourra l'occuper dans la maison, cela soulagera ta femme,
qui se plaint toujours d'avoir trop d'ouvrage.

— Ma femme ! mais elle l'a en aversion cette pauvre Sarah !
Tous les jours, elle me fait des scènes pour que je la mette à la
porte. Toi seule as sauvé cette jeune fille d'une situation épouvantable ; moi, je n'ai pas de volonté, et, tu le sais, je crie
bien fort lorsque quelque chose ne me va pas, mais c'est tout....
J'arriverais toujours à céder et à faire des choses que je
réprouve ; ta présence bénie me préserve d'en arriver là.

— Alors tu aurais mis la malade à la porte ?

— C'eût été à contre-cœur, mais je l'aurais fait.

— Il ne suffit pas d'être bon, mon fils, il faut savoir
résister aux méchants. Oui, tu es bon, mais faible, dit Catarina
d'un air navré, et c'est un grand souci pour moi ; car, à mon
âge, je dois m'attendre d'un moment à l'autre à partir pour le
grand voyage de l'éternité. Tiens, je vais te le dire, à toi, mon
fils bien-aimé, qui as toujours été pour moi le plus tendre et le
plus respectueux des fils, je sens que le moment de nous
quitter est proche, il faut te préparer à la grande séparation....

— Mère! mère! s'écria Sums en joignant les mains, ne dis pas cela, ce serait une trop grande douleur pour moi.

— Grand enfant, va! fit la vieille Catarina en prenant les mains de son fils dans les siennes, mais c'est dans l'ordre de la nature que les mères meurent avant les enfants. C'est même un grand bienfait; car la perte de ses enfants est la plus grande douleur que puisse éprouver une femme, c'est un quelque chose d'elle qui s'en va avec l'être aimé, c'est une plaie pour le cœur, et une plaie qui ne se cicatrise jamais entièrement. Je puis le dire, j'ai passé par là. On pleure une mère, on ne l'oublie jamais quand on l'a bien aimée, mais on en arrive à penser à elle sans souffrance, à en parler le sourire aux lèvres comme d'une chose aimable et douce; mais lorsqu'une mère parle de son enfant mort, même après bien des années, ses yeux sont humides, et de son cœur monte un soupir.... Voici ma protégée, laisse-nous.

Sums déposa un baiser sur le front de sa vieille mère et la contempla un instant d'un air attendri, puis il sortit à pas lents, se retournant encore une fois à la porte.

Sarah s'approcha de la vieille Catarina, qui lui fit signe de s'asseoir auprès d'elle, et la conversation commença, les signes faisant comprendre une partie des paroles; c'était une véritable conversation télégraphique.

Sarah s'était assise; la vieille Catherine, la tête baissée sur la poitrine, semblait s'endormir. La jeune fille, anxieuse, la regardait, mais n'osait troubler ce repos. Soudain, la mère Catarina releva la tête et regarda autour d'elle. Elle était pâle, ses yeux paraissaient enfoncés dans sa tête, ses traits étaient contractés, ses lèvres violacées. Elle ouvrit la bouche comme pour parler, et elle porta les mains à sa gorge, puis s'abattit devant elle sur le plancher.

Sarah, épouvantée, se précipita vers la porte et appela de toute la force de sa voix. Sums accourut, puis sa femme et Anders, que cet appel avait effrayés.

Tous les soins furent inutiles, la bonne vieille avait été frappée d'une apoplexie foudroyante.

Et, pendant que Sums est absorbé dans sa douleur, qu'Anders gémit et accuse la belle demoiselle d'avoir apporté le malheur dans la maison, que de bonnes voisines, aidées de Sarah, parent la défunte pour la tombe et veillent près d'elle, Edwidge fouille tous les coins, à la recherche des économies de la défunte.

Dans tout ce désarroi, on ne pensait plus guère à Sarah; Edwidge elle-même semblait ne pas s'apercevoir de sa présence. Lorsque tout fut rentré dans l'ordre accoutumé, Sarah fit comprendre à Sums qu'elle voulait partir pour Upsal.

— Est-elle pressée de quitter la maison! dit Edwidge à son mari, je sais bien pourquoi.... Mais cela ne va pas se passer aussi facilement que la belle fille a l'air de le croire: pour cela, non. Il faut qu'elle nous rende d'abord les économies de la mère....

— Que veux-tu dire? fit Sums inquiet.

— Je veux dire que cette fille a profité de la faiblesse de la pauvre vieille, et qu'elle s'est fait donner ce qu'elle avait.

— Ma pauvre mère ne devait posséder que bien peu de chose, peut-être rien; rappelle-toi, Edwidge, tout ce qu'elle payait pour nous, et tu rejetteras cette mauvaise supposition.

— Moi, je te dis que cette fille nous a volés. Est-ce que tu la connais, pour avoir ainsi confiance en elle? Que tu es simple, mon pauvre Sums! Tu te laisserais enlever sous le nez ce qui est à toi, bien à toi, sans réclamer.... Mais je suis là, moi, heureusement pour nos intérêts, et tu vas voir si je vais savoir m'y prendre. Ce n'est pas toi qui m'en empêcheras.

— Que veux-tu donc faire, Edwidge? Tu m'effraies! j'ai peur que tu ne dépasses les bornes de la raison.

— Si tu es si facile que cela à effrayer, ne te mêle de rien et laisse-moi agir; je ne la battrai pas, va!

— Ah! fit Sums, j'ai bien assez de chagrin sans aller me tourmenter pour cette jeune fille.

12

— Puis, elle n'a pas à se plaindre ; depuis deux mois qu'elle est ici, elle n'a manqué de rien. Trouve beaucoup de gens qui en feraient autant que nous.

— C'est vrai, fit Sums fatigué de la discussion, fais ce que tu voudras et laisse-moi tranquille.

C'était ce que voulait Edwidge. Elle appela Sarah, qui se promenait dans la cour. Sans plus de forme, la méchante femme se mit à fouiller Sarah, qui, interdite, stupéfaite, ne voulant pas comprendre, se laissa faire sans protestation. Mais quand elle se vit l'objet d'une perquisition aussi minutieuse, elle rougit sous l'offense. Elle laissa cependant Edwidge achever ; puis, après avoir rajusté ses vêtements, avoir remis un peu d'ordre dans sa toilette, elle défit ses boucles d'oreilles, ses bagues, son bracelet d'or, et les jeta devant la fermière.

— Pour vous payer ! dit-elle.

Et, digne, elle partit, n'ayant, comme à son arrivée sous ce toit, absolument rien.

# XII.

## LA ROULOTTE.

La campagne était déserte, les fermes éloignées les unes des autres, il fallait cependant quelques renseignements à Sarah, qui ignorait absolument de quel côté se diriger pour aller à Upsal. Elle suivit un petit sentier, qui la conduisit près d'un bois. La journée s'avançait, et pas la moindre trace d'habitation. Elle songea que le mieux serait de retourner sur ses pas. Un mince filet de fumée sortant d'un bouquet d'arbres, à une faible distance, la fit changer de résolution. Elle continua à marcher dans cette direction et aperçut une roulotte, devant laquelle une jeune femme était en train de savonner du linge dans un petit baquet. Dans l'intérieur de la voiture, un jeune enfant pleurait ; on entendait ses cris.

— Allons ! allons ! patience ! mon mignon, disait la jeune femme, maman vient, ne pleure plus.

— Une Française ! s'écria Sarah en courant à la jeune femme, quel bonheur !

— Une compatriote ! s'exclama la jeune femme en s'essuyant les mains à son tablier de grosse toile. Pour le coup, je laisse le lavage ! Entrez, vous allez me dire ce que vous faites par là, et, si je puis vous être utile, je le ferai de grand cœur. On ne court pas ainsi seule dans de pareilles solitudes sans y être forcée par de graves raisons.

— Vous allez juger, madame, de la gravité de ma situation et des tristes circonstances qui m'ont amenée ici.

— Attendez un instant pour me conter ça, dit la jeune femme, mon bébé nous empêcherait de nous entendre. Entrez, et asseyez-vous.

L'intérieur de la roulotte était d'une grande propreté ; tout y était disposé ingénieusement, comme dans toutes ces voitures, de façon à tenir le moins de place possible dans cet espace restreint. Dans une petite corbeille d'osier, fixée à la cloison, un bel enfant de six mois environ se démenait comme un petit démon. Il s'était tellement efforcé de crier pour faire venir sa mère, le petit tyran, qu'il était rouge jusqu'aux deux oreilles. Il se tut en voyant qu'il avait réussi, et tendit ses petits bras potelés. La jeune femme le prit, le couvrit de baisers en l'appelant : Petit monstre ! petit singe vert ! petit lion !

Et elle l'enlevait en l'air au-dessus de sa tête, l'embrassait et recommençait son manège. Le petit cherchait à s'accrocher au corsage de sa mère, et, voyant ses efforts inutiles, recommençait à se fâcher tout rouge. Enfin, il s'endormit contre sa mère, qui le contempla radieuse. Sarah regardait avec étonnement ce spectacle nouveau pour elle, une mère et son petit enfant.

— Comme elle l'aime ! pensait-elle. Sans doute, cette femme n'est pas une exception, toutes les mères doivent être ainsi.... Ma vieille amie, M<sup>me</sup> Duval, avait raison, l'amour filial doit tenir une large place dans le cœur.

— Je suis à vous maintenant, dit la jeune femme, je vous écoute.

Sarah n'entra pas dans les détails de sa vie intime, elle parla simplement de son voyage avec une Anglaise, en qualité de demoiselle de compagnie ; elle raconta la visite aux tombeaux et le drame, dont elle avait failli être victime, elle aussi ; de la nécessité où elle se trouvait d'aller réclamer à Upsal ses malles et ses papiers, restés à l'hôtel.

— Vous pouvez vous vanter d'avoir eu une fière chance de trouver notre roulotte, dit la jeune femme. Vous tournez le dos à Upsal, et vous êtes à l'entrée d'une immense forêt, qui est la route pour se rendre en Norwège, où nous allons. Mais ne craignez rien, nous ne vous laisserons pas dans l'embarras. Nous avons un bon cheval de selle, mon mari vous prendra en croupe et vous conduira demain à Upsal. Nous retarderons notre départ d'une journée, voilà tout. Je vous offre l'hospitalité pour cette nuit; il y a un petit lit dans le second compartiment qui est là, contre cette cloison, et vous y serez très bien. Etes-vous contente?

— Vous êtes une excellente femme, dit Sarah, merci! J'accepte en toute confiance.

— Elle est bien placée, dit la jeune femme, jugez-en : nous sommes marchands de bijouterie de fantaisie. En été, nous fréquentons les foires et marchés; en hiver, nous nous fixons dans une ville quelconque, nous y louons une boutique fermée et nous continuons notre petit commerce. Nous passerons l'hiver, qui va bientôt arriver, à Christiania. Nous sommes Parisiens, mon mari et moi; il a trente ans, j'en ai vingt-quatre, et Dubois est notre nom.

— Et vous êtes heureux? demanda Sarah.

— Heureux comme des rois, répondit M<sup>me</sup> Dubois.

— Comment donc l'idée vous est-elle venue de venir si loin de la mère-patrie? demanda Sarah. C'est une vie bien aventureuse que vous menez là, et elle ne doit pas être sans dangers ni déboires.

— Des dangers et des déboires, il y en a partout et dans toutes les situations, dit M^{me} Dubois. Tout est habitude, voyez-vous, mademoiselle. Nous aimons cette vie libre et au au grand air, le changement constant de villes, de paysages, de peuples. C'est que nous avons du sang de nomades dans les veines, voyez-vous : les parents de mon mari et les miens étaient marchands forains, c'est ainsi que nous nous sommes connus. Notre première jeunesse s'est donc passée à rouler de pays en pays. Nous nous sommes mariés à Paris, où nos parents restaient trois mois chaque année, faisant les foires des alentours. Nous avons essayé de rester dans la capitale, où nous avions trouvé à nous occuper avantageusement, mais l'ennui nous gagnait; aussi, lorsqu'un petit héritage nous est venu, nous avons décidé de reprendre le métier de nos pères, et même de faire plus, de parcourir l'Europe. Nous avons acheté une bonne roulotte, bien aménagée, trois forts chevaux, une collection fort élégante de bijoux de fantaisie, à la portée des bourses modestes, et nous nous sommes mis en route. Nous avons ainsi parcouru la Belgique, l'Allemagne, la

Hollande, le Danemark, la Suède, et nous serons bientôt en Norwège. Nos affaires sont prospères, j'ai un bébé superbe et un mari qui est un modèle. Croyez-vous que l'on puisse être plus heureuse que moi ?

— Non, dit Sarah, puisque vous vivez de la vie qui vous plaît.

— Ça, c'est bien dit, fit la jeune femme. Pour en revenir à mon cher mari, je veux vous dire que c'est le meilleur homme du monde ; avec cela travailleur, économe, sobre, aimant son petit Marcel et sa femme avec adoration. Il n'a qu'un défaut, il est susceptible : quand on le blesse, il se met en colère ; et, quand il est en colère, dame ! il a un poing lourd et il s'en sert. Tenez, le voici qui arrive, j'entends le galop du cheval ; vous allez en juger.

M. Dubois descendit de cheval, l'attacha par la bride à un anneau mis à cet effet ; puis, de deux énormes paniers attachés de chaque côté des flancs de l'animal, il sortit des provisions de toute espèce.

— Bonjour, la femme ! cria-t-il, étonné de ne pas la voir accourir.

— Arrive, mon Jules, dit Mᵐᵉ Dubois, il y a de la visite....

— De la visite ? fit l'homme en grimpant les trois marches d'une enjambée.

Sarah montait parfaitement à cheval.

Sarah s'était levée.

— C'est une Française, dit-elle, qui éprouve un moment de bonheur, comme il y a longtemps qu'elle n'en a éprouvé.

— C'est vrai que ça fait plaisir tout de même de serrer la main à une compatriote, fit M. Dubois en prenant la main que Sarah lui avait tendue. Mais qu'êtes-vous venue faire par ici? A quel hasard devons-nous votre visite?

M$^{me}$ Dubois raconta à son mari ce que Sarah lui avait dit.

— Ce que tu décides est toujours bien, ma bonne Emma, dit M. Dubois, je conduirai mademoiselle à Upsal demain. Nous partirons de bonne heure.... Et mon Marcel, il n'embrasse pas papa?

— Il s'endort, laisse-le; je vais en profiter pour t'aider à mettre en place les provisions, et, pendant que tu soigneras le cheval, je servirai le souper.

— Allons alors, car j'ai une faim de cannibale!

— Si je mets Bébé dans son berceau, il va se réveiller et recommencer à crier; laissez-moi le mettre sur vos genoux, voulez-vous, mademoiselle?

— Volontiers, madame, dit Sarah.

Jamais encore Sarah n'avait vu de si près un petit enfant, jamais elle n'en avait porté dans ses bras; et elle se trouva d'abord fort gênée de cette fonction, qu'elle remplissait pour la première fois. Mais toute jeune fille possède en elle l'instinct maternel ; il s'éveilla dans le cœur de Sarah. D'abord, elle regarda curieusement le petit être, n'osant pas remuer, crainte de l'éveiller.

— Que de grâce dans cette petite créature ! se dit-elle, quelle chevelure soyeuse ! quels longs cils ! quelle peau blanche et satinée ! Et ses mains avec ses petites fossettes, quelle merveille !

Et elle porta une de ses petites mains à ses lèvres. L'enfant s'éveilla et la regarda avec des yeux étonnés ; puis il lui sourit, de ce sourire d'ange des petits enfants.

— Oh ! qu'il est joli, le mignon ! fit-elle.

Et, le prenant sous les bras, elle le mit debout sur elle, et se mit à le lutiner comme si elle n'eût fait que cela toute sa vie.

— Oh ! oh ! fit M<sup>me</sup> Dubois en entrant pour mettre le couvert, vous voilà amis. Il faut que vous lui plaisiez joliment, pour qu'il reste ainsi avec vous en m'apercevant. Jules, viens donc voir ton Marcel jouer avec notre compatriote.

Du moment que Sarah avait conquis l'enfant, le père et la mère lui étaient acquis.

M<sup>me</sup> Dubois compléta la toilette de Sarah en lui offrant un chapeau, un collet et une paire de gants.

Après une bonne nuit passée dans la roulotte, un bon déjeuner pris avec ses nouveaux amis, Sarah fit ses adieux à l'aimable femme qui l'avait si bien accueillie. On s'embrassa comme de vieux amis.

— Qui sait? fit M^{me} Dubois, les larmes aux yeux, cherchant à se consoler elle-même; qui sait? nous nous retrouverons peut-être un jour.... Il n'y a que les montagnes qui ne se rencontrent pas.

# XIII.

## UNE MÉPRISE.

C'était un fort gaillard que ce Jules Dubois ; avec cela une tête intelligente et énergique, et, malgré une voix qui tonnait et pouvait faire supposer un homme terrible, il était d'un naturel fort doux et avait, comme disait sa femme, le cœur sur la main.

Le ciel s'était assombri et faisait prévoir du mauvais temps. M. Dubois s'était vêtu en conséquence. D'ailleurs, voyageant sans cesse, il était pratique et se souciait fort peu de l'élégance, pourvu qu'il fût à son aise. Il s'était donc chaussé de bottes, qui couvraient le pantalon jusqu'aux genoux ; une vareuse de gros drap était serrée à sa taille par une large ceinture de cuir, dans laquelle il avait placé un revolver et un couteau-poignard. Sa tête était coiffée d'un chapeau de feutre mou à larges bords ; et il portait en bandoulière un caoutchouc plié menu. Il avait ainsi un air redoutable, Sarah prit place sur le superbe cheval et, au simple claquement de langue de son maître, il partit comme un trait.

Sarah montait parfaitement à cheval ; au temps de sa splendeur, c'était son exercice favori. M. Dubois était émerveillé de la manière dont elle se tenait en selle, et, lorsque le cheval ralentit son allure pour monter une côte rapide, il ne put s'empêcher de lui dire :

— C'est extraordinaire comme vous paraissez à l'aise sur mon cheval. On dirait, en vérité, que vous n'avez fait que ça toute votre vie. Moi, je crois que vous ne nous avez pas tout dit, et que vous êtes autre chose qu'une demoiselle de compagnie. Vous avez des airs de reine, par moments, qui ne sentent pas la roture.... C'est l'avis d'Emma, et elle est fine celle-là, rien ne lui échappe.

— Vous êtes dans l'erreur, je vous l'assure, répondit Sarah. C'est votre bienveillance qui vous fait voir les choses plus belles qu'elles ne le sont.

— Il y a si peu de temps que vous nous connaissez, qu'il est vraiment indiscret de ma part de solliciter votre confiance, excusez-moi.

Kroumir reprit le galop, la conversation en resta là.

On arriva aux premières maisons d'Upsal. C'était un dimanche, les femmes et les jeunes filles se promenaient en toilette, et les tavernes commençaient à recevoir des visiteurs, pressés de dépenser là, en quelques heures, le gain de toute une semaine. Les boutiques étaient toutes closes ; car, dans ces pays, tout commerce, tout travail, sont suspendus le dimanche.

Sarah et M. Dubois étaient descendus de cheval et marchaient tranquillement, sans parler, fort ennuyés de l'attention dont ils étaient l'objet.

Enfin, ils arrivèrent à l'hôtel où Sarah se souvenait être descendue avec miss Simpson ; une déception les y attendait. Le propriétaire de l'hôtel, où elle était descendue avec l'Anglaise, était mort subitement ; sa femme était devenue folle de douleur, et l'établissement avait été vendu. Deux mois avaient suffi pour cela. Tout le personnel avait été changé également, de façon que Sarah ne trouva pas un visage de connaissance, qui pût témoigner de son séjour à l'hôtel. Cependant, on trouva son nom et celui de l'Anglaise, avec les indications exigées dans les hôtels, sur le registre à

13

cet effet. Quant aux malles, il fallait y renoncer ; elles avaient
été enlevées par quelque domestique indélicat.

La propriétaire actuelle de l'hôtel parlait fort bien le français,
et elle témoigna à Sarah combien elle prenait part à la contra-
riété qu'elle éprouvait, et elle donna son avis sur ce que, selon
elle, Sarah avait à faire.

— A votre place, mademoiselle, dit-elle pour conclure,
j'irais trouver le consul à Stockolm, et je me ferais rapatrier.
Une fois dans votre famille, vous chercheriez une autre
situation.

— Il y a encore un moyen de tirer mademoiselle d'embarras,
dit un monsieur qui était assis dans le salon où se tenait
la conversation. Je suis Français, moi aussi, et, à ce titre, je ne
serais pas fâché de lui rendre service. Je pars pour Leipsick
demain, avec ma femme et mes trois enfants. Ma femme est
très souffrante, je vais lui proposer de vous prendre comme
institutrice de nos enfants ; cela la soulagera, car c'est elle seule
qui s'en est occupée jusqu'ici. Ma femme est norwégienne ;
nous venons de Christiania, où nous sommes allés recueillir
un héritage. Je suis négociant à Leipsick ; mais, chaque année,
nous allons passer un mois à Paris, ma ville natale. Que dites-
vous de cela ?

Sarah, si elle n'avait écouté que son désir de revoir sa sœur et sa vieille amie, aurait eu recours au consul, car son orgueil commençait à céder ; mais elle pensa que peut-être M<sup>me</sup> Duval attribuerait son retour à une toute autre cause, et elle voulait qu'elle ne puisse pas douter de son cœur.

— J'accepte avec reconnaissance, monsieur, dit-elle.

— Alors, adieu ! dit M. Dubois en tendant sa large main à Sarah. Ma femme va avoir du chagrin de me voir revenir seul. « Les choses ne vont peut-être pas aller comme notre amie l'espère, m'a-t-elle dit en partant, est-ce qu'on peut jamais savoir ?... Ramène-la, il y aura place pour elle ici, comme dans nos cœurs. »

— Merci ! merci ! dit Sarah émue. Les quelques heures que j'ai passées près de vous ont été pour moi un grand enseignement.... Je ne vous oublierai jamais.

## XIV.

### DE STOCKOLM A LEIPSICK.

L'admission de Sarah comme institutrice des enfants de
M. Rivet avait souffert quelques difficultés de la part de
M^{me} Rivet.

— Sans doute, avait-elle dit à son mari, c'était le devoir
d'aider, de secourir cette compatriote ; mais c'était une
inconnue, et, l'admettre dans la famille, en faire l'éducatrice
de ses enfants, était une imprudence.

Cependant, lorsqu'elle vit Sarah, elle fut frappée de sa distinction, de son air grave et même sévère ; et les renseignements que la jeune fille donna d'elle-même lui parurent si

sincères, qu'elle se décida à l'admettre, se réservant de la surveiller étroitement.

Les trois enfants de M. et M^{me} Rivet étaient charmants et bien élevés. Marthe, l'aînée, fillette de douze ans, était brune et forte pour son âge, elle ressemblait beaucoup à son père, dont elle avait la vivacité et la gaieté, avec cela très intelligente ; elle n'était pas jolie, mais très distinguée. Lionel, le second des enfants, avait dix ans; c'était un bon garçon, au charmant visage, aux cheveux châtain-clair fins et soyeux ; il était très indolent, très paresseux, et d'une intelligence peu développée. Marie-Anne avait six ans, ses yeux étaient bleus comme l'azur, ses cheveux blonds et frisés ; jolie, mais pâle et frêle, elle avait rappelé à Sarah sa jeune sœur Eva ; aussi, lui avait-elle témoigné de suite le plus grand intérêt.

Elle avait plu à la douce enfant, un courant de sympathie s'était de suite établi entre elles. Marthe voulait tout ce qu'on voulait, et, du moment que ses parents avaient décidé de lui donner une institutrice, autant celle-ci qu'une autre. Lionel, lui, trouvait son air bien sévère, et il avait pensé qu'il lui faudrait travailler beaucoup, et cela le gênait. Cependant il savait que son père avait l'intention de l'envoyer dans un lycée, à Paris, sans doute, et il se consolait en pensant qu'il ne souffrirait pas longtemps de la sévérité de l'institutrice.

A dix heures du matin, la famille Rivet et Sarah quittèrent Stockolm, où ils avaient passé deux jours. Le steamer *le Borée*, sur lequel ils s'étaient embarqués, se rendait à Lubeck. La mer était douce, le temps superbe et la rade animée par un mouvement continu. Nos voyageurs s'assirent sur le pont, sous la tente, pour admirer le paysage.

On côtoya la Suède en naviguant au milieu des îles, puis on gagna le large, mais en perdant rarement la terre de vue. On laissa à droite les villes de Nikoping et Westervik, on se rapprocha alors de l'île Gothland et on passa devant Wisby, sa capitale

Laissant l'île de Gothland à gauche, on atteignit l'île d'Œland ; on prit un pilote à Borghone, ville principale de l'île, et on entra dans le détroit de Kalmar. On y prit quelques passagers. Une trentaine de vaisseaux étaient mouillés dans le port, et quantité de promeneurs étaient sur le quai. Le bateau se remit en marche. Il continua à naviguer entre l'île d'Œland et le continent de Suède. Après avoir franchi l'extrémité de l'île d'Œland, qui finit en une pointe de terre, on doubla le cap et on se trouva en face d'un archipel d'îlots, dont le voisinage est dangereux quand le vent pousse à la côte. Puis, on arriva en face de Carlskrona, port militaire important de la Suède.

La mer devint houleuse, il devenait difficile de se promener sur le pont; chacun s'exerçait à garder son équilibre, et c'étaient des chutes, des éclats de rire. Personne encore n'était malade, car le vent était arrière.

Le bateau prit le large.

Au soleil couchant, on aperçut à gauche, à quelques lieues, l'île de Bornholm. Le spectacle était splendide. M^me Rivet était appuyée sur l'épaule de son mari, le mal de mer commençait à la prendre, et elle n'osait remuer la tête. Marthe se promenait de long en large, toute fière de sa vaillance et de son pied marin. Marie-Anne avait pris possession des genoux de Sarah, qui lui racontait des histoires pour lui faire oublier le mal de mer qui la gagnait, elle aussi. Lionel s'était assis devant sa mère, et avait posé sa tête sur ses genoux.

La mer offrit bientôt le spectacle magnifique de ses fureurs, la houle était forte, les vagues déferlaient sur le bateau, force fut aux passagers de descendre dans les cabines. Le mal de mer faisait de si rapides progrès parmi les passagers, que peu d'entre eux se présentèrent au souper, préférant se coucher. Des passagers, n'ayant pas eu la force de gagner leur lit, gisaient sur les tables, sur les banquettes, sur le parquet; c'était un spectacle lamentable.

M^mo Rivet n'avait pas été épargnée, ainsi que Marie-Anne et

Lionel. Sarah les soigna de son mieux ; car, si son cœur était solide, ses jambes ne l'étaient guère à ce roulis épouvantable, qui l'envoya plusieurs fois se cogner la tête contre la cloison.

Enfin, malgré le mauvais temps, les malades s'endormirent vers le matin, et Sarah put s'étendre sur son cadre. Elle commençait à s'endormir, lorsque le hublot, qui avait cédé sous les efforts du vent et de la mer, s'ouvrit subitement et donna passage à une vague, qui vint, comme une douche, arroser Sarah et Marie-Anne, dont on lui avait confié la la garde. Réveillée en sursaut, la petite, croyant que le bateau était en danger, se mit à pousser des cris perçants qui firent accourir les gens du bord. Sarah s'était vêtue à la hâte, peu rassurée elle aussi. Le hublot fut promptement réparé, et on fit passer Sarah et l'enfant dans une autre cabine.

Ce bain à domicile fut bientôt connu de tous les passagers et fut le sujet de joyeuses conversations. Pendant la nuit, le navire avait passé non loin des îles Moën et Falster, puis laissé à gauche le Holstein et Kiel. Au matin, on aperçut la pointe extrême du Mecklembourg et on laissa à gauche l'île Rugen, trop éloignée pour que les voyageurs levés à cette heure matinale pussent l'apercevoir. Lorsque la famille Rivet monta sur le pont, on était dans la baie de Travemund, où se jette la Trave. Le navire voguait vers son embouchure, on se rapprochait de la terre.

La nature sauvage de la Suède et d'une partie du Danemark avait disparu ; on apercevait des arbres et des champs cultivés. Au loin, une montagne et un clocher attirèrent l'attention des voyageurs. La petite Marie-Anne, qui ne quittait plus Sarah, poussa un ah ! de satisfaction, qui fit sourire sa mère.

— Oh ! s'écria-t-elle bientôt, des maisons là-bas, des maisons ; alors, c'est fini le mal de mer.

On apercevait, en effet, le joli bourg de Travemund. On était entré dans la Trave, on remonta le fleuve et on vogua vers Lubeck, où on arriva bientôt.

Craignant pour sa femme la fatigue du voyage, M. Rivet avait décidé que l'on séjournerait trois jours à Lubeck ; la petite Marie-Anne avait été éprouvée par le mal de mer, elle paraissait souffrante, ce repos était absolument nécessaire.

Lubeck fut longtemps surnommée la Carthage du Nord, mais elle a perdu de son importance. C'est dans cette ville que l'on envoie, de toutes les parties de l'Europe, des jeunes gens pour y apprendre la science des affaires et le moyen de spéculer avec fruit. Les cours sont faits en allemand, les élèves sont donc tenus d'apprendre cette langue.

Lubeck est la ville des clochers, on en voit de tous les côtés ;

c'est une cité qui ne ressemble à aucune autre, et les habitants ont un reflet de leur ville. L'hôtel-de-ville, avec ses larges ouvertures rondes à travers lesquelles paraît le jour, est assez original et mérite d'être vu. Ses portes de bronze, son escalier en applique contre le mur, son architecture mauresque, ses cloches et ses clochetons, font un effet qui plaît par son originalité. Le Rahlhaus ou hôtel-de-ville est un des plus curieux monuments de l'Allemagne.

La cathédrale de Lubeck date de 1170, elle renferme quelques peintures anciennes, ainsi que l'église Marien-Hirche ; cette église est un monument gothique, connu par son horloge à figures.

Lubeck possède une promenade ravissante, le Loer. C'est un vaste bois percé d'allées et de sentiers d'une fraîcheur délicieuse.

Cédant aux instances de sa femme, M. Rivet fit visiter la ville à sa fille aînée et à son fils. M^me Rivet était restée à l'hôtel pour soigner sa petite Marie-Anne, dont l'état l'alarmait. Sarah secondait M^me Rivet, elle n'avait pas accepté la proposition que cette aimable femme lui avait faite de prendre quelques heures de liberté ; elle voulait la convaincre de tout le dévouement qu'elle sentait en elle et qui ne demandait qu'à s'affirmer.

La nuit ayant été mauvaise pour la petite fille, on fit venir un médecin.

— Je ne puis me prononcer sur ce qu'a votre enfant, dit-il, avant deux ou trois jours. Je vous conseille de partir de suite, il est préférable que vous soyez chez vous. Couvrez bien cette enfant, évitez les courants d'air, ne lui faites prendre que du lait, du bouillon et une potion que je vais vous prescrire. Aussitôt arrivés chez vous, faites venir votre médecin au plus vite.

Les préparatifs de départ furent bientôt faits, et la famille Rivet se fit conduire au chemin de fer.

La petite malade fut installée dans un compartiment de première classe ; elle paraissait beaucoup mieux, ce qui remit un peu de gaieté dans le cœur de Marthe et de Lionel, qui aimaient beaucoup leur petite sœur. Une larme est vite séchée quand on est jeune, et une inquiétude est vite effacée.

A la station de Ratzbourg, nos voyageurs remarquèrent le lac qui entoure la ville et lui donne un aspect riant. Le soleil donnait un reflet argenté aux eaux de ce lac ; c'était quelque chose d'attirant, de reposant, qui captiva l'attention de la poétique Mᵐᵉ Rivet. Sarah, dont le cœur s'éveillait aux sensations bonnes et douces, échangea avec Mᵐᵉ Rivet quelques paroles d'admiration.

M. Jourdain fut un instant sans répondre.

Après la station de Mœller, on arriva à Buchen, où on changea de train, ce qui fatigua beaucoup la petite malade. On passa à Bortzenburg, dont les constructions en pierres assorties de diverses formes et couleurs, attirent l'attention, puis à Haguenau, jolie ville; à Ludwiglust, dont les campagnes sont fort belles et des mieux cultivées; à Grahow, ville située sur l'Elbe; à Wittemberg, ville prussienne, qui fut le berceau de la Réforme. Une église à deux clochers, une belle plaine, le beau fleuve l'Elbe, sur lequel voguent une flottille de petits bateaux avec leurs mâts et leurs pavillons, intéressèrent nos voyageurs. On traversa successivement les stations de Sechausen, d'Osterbourg, Stendal, Deniker, de Mahlwinkel et Magdebourg, où il fallut attendre trois heures le départ du train pour Leipsick.

Il était trois heures du matin, le buffet et les hôtels étaient fermés, on installa la malade sur un canapé, dans le salon d'attente.

Magdebourg est une très belle ville, célèbre dans l'histoire des places fortes, et qui a appris, dans la guerre de Trente Ans, ce qu'il en coûte à se bien défendre.

La rue principale de Magdebourg est le Breite-Weg. Une belle promenade domine l'Elbe; on a de là une vue charmante, qui s'étend sur le fleuve, sur une partie de la ville et les environs. On voit aussi la citadelle et la prison d'Etat, où furent enfermés Lafayette et Carnot. Ces murs-là auraient d'étranges histoires à raconter, s'ils pouvaient parler.

Ces trois heures semblèrent interminables à nos voyageurs, qui tombaient de sommeil et de fatigue. Enfin, on repartit.

La sortie de Magdebourg est charmante ; l'Elbe apparaît d'un côté, de l'autre la ville avec ses promenades ombragées de massifs de sorbiers, de pins et de saules pleureurs.

Il faisait jour, mais nos voyageurs harassés ne songeaient guère à admirer les paysages, ils s'endormirent. On passa les stations de Schœmbeck, Griseline, Cœthen, Halle. Enfin, à onze heures, on était à Leipsick, le terme du voyage.

Marie-Anne avait la fièvre ; elle se débattait, se plaignait, demandait à boire. On l'installa à grand'peine dans une voiture de place, avec sa mère et Sarah ; M. Rivet courut chez le médecin, on ne pouvait trop se hâter.

## XV.

## AU PAYS NATAL.

Le jour touche à sa fin. Le crépuscule étend son ombre mélancolique et mystérieuse sur le paysage que l'on aperçoit de la fenêtre. Les arbres sont poudrés de blanc, pas un souffle d'air ne secoue leur lourd manteau, il gèle. Les étoiles commencent à paraître dans le ciel pur ; la lune, un croissant d'or, s'élève au zénith. Ce spectacle est saisissant.

M<sup>me</sup> Rivet, assise près de la fenêtre, contemple en silence cette majestueuse fin du jour.

Sarah tient un livre fermé sur ses genoux ; à la façon distraite dont elle écoute le babil de Marie-Anne, il est aisé de voir que son esprit est ailleurs. Soudain, elle essuie une larme

14

prête à tomber sur sa joue. Bien que ce mouvement ait été fait promptement, Marie-Anne l'avait aperçu. Elle saisit la main de Sarah en s'écriant :

— Mère, mademoiselle pleure. Je ne veux pas qu'elle ait du chagrin ; console-la vite, petite mère, moi, je ne saurais pas.

— C'est vrai, ce que la fillette dit là ? Voyons, chère demoiselle, dit affectueusement M^{me} Rivet, dites-moi ce qui vous chagrine. Voici plusieurs jours que je remarque votre tristesse, mais j'avais peur de vous paraître indiscrète en provoquant vos confidences, et voilà que Marie-Anne m'invite à vous consoler.... Cela m'est difficile.

— La pensée de vous quitter bientôt, de me séparer de vos charmants enfants, de Marie-Anne surtout, voilà ce qui cause ma tristesse, répondit Sarah.

— Comment ? vous songez à nous quitter, exclama M^{me} Rivet, et pour quelle cause ?

— Oh ! mais, je ne veux pas que mademoiselle me quitte ! s'écria Marie-Anne en pleurant, ou alors je pleurerai tout le temps, et je serai encore malade.

— Vous l'entendez ? dit M^{me} Rivet en attirant sa fille sur ses genoux. Vous voyez si on vous aime ici. Vous n'êtes plus une étrangère pour nous, vous le savez bien, vous faites partie de la famille, et c'est à tout jamais. N'est-ce pas à vos soins maternels de jour et de nuit que nous devons la vie de notre enfant? N'avez-vous pas contracté à son chevet la terrible maladie qui a failli vous enlever, et qui a laissé de si déplorables traces sur votre visage? Et tout ce dévouement, toute cette abnégation dont vous avez fait preuve, vous ne nous les deviez pas, car vous nous connaissiez à peine, et nous ne les avions pas encore mérités. Ah! croyez-le, si vous avez perdu votre beauté, vous avez gagné des affections solides; car elles ont pour base la reconnaissance, et c'est entre nous à la vie, à la mort. Vous voyez que vous ne pouvez pas nous quitter. Et Marie-Anne.... N'êtes-vous pas aussi un peu sa mère? Ne lui avez-vous pas conservé la vie que je lui avais donnée?

— Vous ne pouvez savoir, madame, combien vos paroles me touchent et me rendent heureuse. Mon cœur saigne de vous quitter; mais je veux revoir les lieux où je suis née, je veux serrer dans mes bras les êtres qui me sont chers et qui m'attendent depuis dix ans....

— Oh! alors..., fit M$^{me}$ Rivet, vous avez le mal du pays. Rien à faire là contre. J'en suis prise souvent, ajouta-t-elle avec un soupir, et j'en meurs.... Allez, chère Sarah, partez au plus vite, et revenez de même.

Les adieux furent pénibles, mais Sarah avait dit:

— A bientôt! je vous le promets.

Et on se sépara sur cette affirmation.

Le plan de Sarah était tracé : elle arriverait à Duclair sans annoncer sa visite, elle se jetterait au cou de la fidèle amie de sa mère, et lui dirait :

— Voilà votre Sarah ! Vous pouvez la serrer dans vos bras, car elle est aussi changée d'âme que de visage. Elle a bien souffert pour arriver à ce résultat. Pardonnez à l'enfant prodigue qui revient au bercail.

Et après ?... Après, on verrait ce que l'on déciderait pour l'avenir, car elle était résolue à ne pas se séparer de sa sœur, la douce Eva, qui allait être si heureuse de la revoir.

Oh ! comme le cœur lui battit en revoyant cette maison où était tout son bonheur ! Elle fut obligée d'attendre quelques secondes pour sonner, tant elle tremblait.

La servante qui vint ouvrir était inconnue à Sarah ; mais il y avait dix ans qu'elle avait quitté le pays, rien d'étonnant à cela. Lorsqu'elle eut formulé sa demande d'être introduite près de M^me Duval, la domestique répondit :

— M^me Duval ? mais il y a au moins un an qu'elle est morte et enterrée....

— Et la petite Eva ? demanda Sarah en chancelant.

— Connais pas, fit la servante. Je ne peux pas savoir ça, il n'y a pas deux ans que je suis dans le pays.

Lorsque la porte fut refermée, Sarah s'appuya au mur pour ne pas tomber. Une crise de larmes la soulagea.

Il faisait nuit, le moment était mal choisi pour aller aux informations. Sarah prit une chambre dans le meilleur hôtel de l'endroit, et, après une nuit sans sommeil, qui lui parut bien longue, elle se rendit chez le notaire.

M. Bérard, le notaire et l'ami de sa famille, était mort, laissant son étude à M. Jourdain, son premier clerc. Sarah le reconnut; mais les traces de variole la défiguraient tellement, que lui ne la reconnut pas. Cependant ses yeux, ses magniques yeux de velours, n'avaient pas changé; ils étaient peut-être encore plus beaux qu'autrefois, car ils avaient perdu leur dureté. Ils ressortaient dans ce visage ravagé et attiraient la sympathie.

Sarah se nomma et demanda vivement, avec anxiété, les renseignements qu'elle était venue chercher.

M. Jourdain fut un instant sans répondre, il était visiblement troublé.

— Vous me voyez désolé, mademoiselle, du coup que je vais vous porter; car j'ai connu votre famille, je vous ai vue toute petite, et vous m'inspirez un grand intérêt.

— De grâce, monsieur, parlez, supplia Sarah.

— Votre vieille amie est décédée, il y a un an environ, on ne vous a pas trompée. La perte d'Eva, votre sœur, enlevée par la tuberculose, qu'elle avait de jeunesse, lui a donné le coup de grâce.

— Mon Dieu ! dit Sarah en sanglotant, quelle épreuve !

— Vous êtes vraiment bien accablée, mademoiselle, dit le notaire très ému, je vous plains de tout mon cœur. Maintenant, reprit-il après un moment de silence, permettez au notaire de faire son office :

Cette bonne Mᵐᵉ Duval devait sa petite fortune à son mari, et, comme elle était la droiture même, elle a voulu que ce bien retourne à l'ayant-droit, un neveu de son mari, établi en Amérique.

Après la mort de sa fille adoptive, votre sœur, elle a senti qu'elle n'avait pas pour longtemps à vivre, et elle a pris ses dispositions. Ce qu'elle avait économisé — 50,000 francs, — ses bijoux, son linge, dont elle avait le droit de disposer, selon sa conscience, elle vous les a légués, je vous serai obligé de m'en décharger. J'ai fait toutes les démarches possibles pour vous retrouver, mais sans résultat ; il ne faut jamais désespérer de rien, j'en ai une fois de plus la preuve.

— Que m'importe cet argent ! exclama Sarah. Tout ce que j'aimais est mort, je ne désire plus qu'une chose : les rejoindre. Que voulez-vous que je fasse de cet argent ?

— Du bien, fit M. Jourdain. Ah! c'est une grande satisfaction que celle-là, car le meilleur moyen d'apaiser sa propre
douleur est d'adoucir celle des autres. Vous voulez mourir,
dites-vous? vous avez mieux que cela à faire.

# ÉPILOGUE

---

Deux ans se sont écoulés depuis le jour où Sarah, dont le cœur s'était ouvert à tous les bons sentiments, à toutes les abnégations, à tous les dévouements, revenait à celles dont elle avait tant à se faire pardonner, et avait trouvé deux tombes.

Le coup avait été rude; mais elle avait mieux à faire que d'en mourir, un homme de devoir le lui avait dit. Et elle se résigna à subir la vie pour aider les autres à la supporter.

Nous la retrouvons à Paris, dans un confortable appartement du boulevard Saint-Germain, chez la famille Rivet, où elle a repris sa situation, par affection pour Marie-Anne, et aussi à cause de l'intérêt qu'elle éprouve pour la frêle jeune femme, qu'elle veut soulager dans sa double tâche de maîtresse de maison et de mère de famille.

La venue d'un nouvel enfant avait compromis gravement la santé chancelante de M<sup>me</sup> Rivet. Pour comble de malheur, son mari, en revenant de Leipsick, où il était allé terminer la liquidation de ses affaires, avait été victime d'un accident de chemin de fer, à la suite duquel il avait dû subir l'amputation des deux jambes. La terrible commotion éprouvée par M<sup>me</sup> Rivet l'avait frappée à mort ; elle allait s'éteignant de jour en jour, sans qu'il fût possible d'y porter remède.

Quelle tristesse dans cette maison jadis si animée !

Les domestiques vont et viennent silencieusement ; Marthe a la tête baissée sur sa broderie, de temps en temps elle regarde sa petite sœur, que sa nourrice amuse sur ses genoux ; ce regard de jeune fille est navrant par sa tristesse profonde. Marie-Anne est assise devant un pupitre, elle fait ses devoirs. Sarah, vêtue de noir, la surveille, va de la cuisine au salon, donne des ordres et s'assure qu'ils sont exécutés. Elle est plus triste encore que de coutume, le médecin lui a dit le matin, en sortant de chez la malade :

— La fin est proche.

Et, à chaque instant, elle va au lit de la malade. M. Rivet,

assis dans un fauteuil, s'est endormi en lisant son journal.
Sarah est entrée bien doucement; cependant la malade ouvre
les yeux et sourit en l'apercevant.

— J'ai à vous parler, dit-elle.

Elle fit signe à la garde de les laisser.

— Votre main dans les miennes, Sarah, dit la malade. Bien.
Je vais bientôt mourir.... Ne protestez pas, c'est inutile, je le
sais et je suis résignée. Oui, résignée, et cela parce que je lais-
serai après moi une autre moi-même. C'est vous, Sarah. Je sais
ce que vous allez me dire, ne le dites pas, l'objection est
inutile. Qui donc aimerait mes enfants, les surveillerait, for-
merait leur esprit et leur cœur, si ce n'était vous? Qui saurait
gouverner cette maison, en prendre les intérêts, consoler ce
pauvre homme qui dort là près de moi, et se dévouer à son
triste sort, si ce n'était vous? Quelle autre que vous saurait
parler de moi à ces chers êtres pour empêcher l'oubli de faire
son œuvre? Mes enfants vous aiment, et vous le leur rendez
bien; vous êtes autant que moi la mère de Marie-Anne et de
ma petite Eva, votre filleule.... Sarah, promettez-moi d'être
leur mère.

— Ah! madame, que dites-vous là? fit Sarah émue, je ne
puis vous faire une telle promesse.

— Alors, vous consentiriez à vous séparer de ces êtres qui

ont tant besoin d'affection, de dévouement ? Que deviendront-
ils alors ?

— Ce serait cruel pour moi, dit Sarah.

— Dites plus : ce serait un remords, car qu'en adviendrait-il ?
Sarah, ma chère Sarah, promettez-moi d'être la seconde mère
de mes enfants et la compagne dévouée de leur malheureux
père ; ma dernière heure sera douce.... Le voulez-vous ?

Sarah s'agenouilla devant le lit, posa ses lèvres sur les mains
de la malade, et dit en sanglotant :

— Je vous le promets !

FIN.

# TABLE

---

Rouen. — Imp. MÉGARD et C^{ie}, rue Saint-Hilaire, 136.

www.ingramcontent.com/pod-product-compliance
Lightning Source LLC
Chambersburg PA
CBHW050354030726
47503CB00006B/1856